Charles Colle

Die Jagdlust Heinrich des Vierten

Ein Lustspiel

Charles Colle

Die Jagdlust Heinrich des Vierten
Ein Lustspiel

ISBN/EAN: 9783742898708

Hergestellt in Europa, USA, Kanada, Australien, Japan

Cover: Foto ©Andreas Hilbeck / pixelio.de

Manufactured and distributed by brebook publishing software
(www.brebook.com)

Charles Colle

Die Jagdlust Heinrich des Vierten

Die
Jagdlust
Heinrich des Vierten,
ein
Lustspiel
in drey Aufzügen
aus dem Französischen des Herrn Colle.

{ Liberius si
Quid dixero, si forte jocosius; hoc mihi juris
Cum venia dabis.

HORAT. *Satyr. IV. Lib. I.*

In Mannheim
den 30. October 1768. zum erstenmal aufgeführt
von den
Churpfälzischen deutschen Hofcomödianten
unter der Direction
des Herrn Sebastiani.

Mannheim,
in der Churfürstlichen Hofbuchhandlung.
1768.

Vorerinnerung.

Unter allen Lustspielen, die seit einigen Jahren auf dem Französischen Theater erschienen, und Beyfall erhalten, verdient wohl unstreitig die Partie de Chasse de Henry IV. des Hrn. Colle einen vorzüglichen Rang. Die Charactere sind darin so natürlich und einnehmend, die Situationen so wohl geordnet, die Gemählde der Tugend und der Freundschaft so lebhaft ausgemahlt, und bey dem allen sind die Ausdrücke so wohl gewählt, so treffend, daß sie das Herz des Lesers so wenig als des Zuschauers verfehlen können. Wie erhaben sind die Züge, die den Character des grösten und besten Monarchen seiner Zeit abbilden! Und wer kan ohne Thränen in das Herz eines Königes sehen, das durch Großmuth und Freundschaft belebt wird; und sich in den Armen seines Freundes ganz aufdeckt? Wer wird nicht äusserst gerührt, wenn er den Monarchen mitten in der Familie geringer Unterthanen, unerkannt die süsseste Belohnung für die Gerechtigkeit und Güte, womit er seine Nation regiert, einernoten siehet?

Vorerinnerung.

Man hat mir den Einwurf gemacht, daß dieses Stück nicht für das deutsche Theater sey, und ich muß gestehen, daß ich diesen Einwurf nicht für wichtig genug gehalten, mich von meinem Vorhaben abschrecken zu lassen. Warum solten meine Landsleute ein Vergnügen entbehren, das uns eben so natürlich ist, als der Französischen Nation. Haben wir etwa keine Heinrichs aufzuweisen, die auch auf dem Thron ein empfindliches, menschenfreundliches Herz besitzen? deren Seele fähig ist die Wollust zu fühlen, die ein Fürst fühlen muß, wenn er sich von seinen Unterthanen geliebt siehet, und wenn ihn ganze Völker als ihren Vater segnen? Oder sind wir unempfindliche Barbaren, deren rohe Seelen nur die Furcht und den Zwang kennen? Nein, auch unsere Geschichte zeiget Fürsten genug auf, die kein ander Glück kannten, als das Glück ihrer Unterthanen. Auch in unseren Jahrbüchern würden wir rührende Auftritte finden, die werth wären auf unseren Schaubühnen verewiget zu werden. Aber so lange noch traurig vom Throne der deutschen Monarchen

Vor dem Gallischen Witz die deutsche Muse zurückbebt,

so lange werden wir bey fremden Tugenden weinen.

Aber

Vorerinnerung.

Aber vielleicht sind wir bald so glücklich, daß wir diese Klage nicht mehr führen dürfen. Vielleicht wird es bald nicht mehr wahr seyn, was Zachariä von den deutschen Dichtern sagt, und was man auch bisher mit noch mehrerem Rechte von unsern Schauspielern sagen können:

> Noch gehn unsere schüchterne Musen um Allmosen betteln;
> Oder, sind sie zu edel der Großen Thür zu belagern,
> So vermodern die seltensten Gaben in bitterster Armuth.

Und was werden wir alsdenn vor schöne deutsche Originalstücke zu sehen bekommen! Nicht als ob wir so arm daran wären, daß wir uns ganz mit fremdem Witz behelfen müßten. Nein dafür haben ein Gellert, ein Cronegk, ein Leßing, ein Schlegel gesorget, und dafür sorget noch jetzt ein Weiße, dessen Nahme der deutschen Schaubühne ewig werth seyn wird.

Ich zweifle nicht, daß dieses Stück durch eine geschicktere Feder weit besser übersetzt werden könne, und ich wünsche, daß es geschähe. Die Bauernsprache im Original habe ich im Deutschen nicht nach-

)(3

Vorerinnerung.

nachahmen dürfen, wenn anders dieses schöne Stück durch ganz Deutschland verständlich seyn solte; es kommt hier lediglich auf die Geschicklichkeit des Acteurs an, den Dialect des Orts anzunehmen, wo es aufgeführet wird. Den bekannten Schwur Heinrichs des Vierten aber mußte ich beybehalten, und ich sehe nicht ein, warum dieser Schwur dem deutschen Ohr anstößiger seyn solte, als jeder anderer, den ich dafür hätte in die Stelle setzen können.

Wegen der Arien muß ich noch erinnern, daß ich selbige nicht in Reime zwingen können, da ich das französische Silbenmaß, der bereits bekannten Melodien wegen, beybehalten mußte. Ausserdem bin ich auch der Meynung, daß es sich vor Bauren eben nicht schicken würde, gekünstelte Arien zu singen, weil man dergleichen von ihnen nicht erwartet. Wolte jemand sich die Mühe geben, diese Arien in recht schöne gereimte Verse zu bringen, so müßten auch nothwendig neue Melodien dazu gemacht werden.

C. F. Schwan.

Die

Die
Jagdlust
Heinrich des Vierten.

Personen.

Heinrich der Vierte, König von Frankreich.
    Hr. Marchand.

Der Herzog von Sülly, dessen erster Minister.
    Hr. Jüngling.

Der Herzog von Bellegarde, Oberst-Stallmeister.
    Hr. Groß.

Der Marquis von Conchiny, Liebling der Königin.
    Hr. Huck.

Der Marquis von Praslin, Hauptmann
    der Garde,

Verschiedene Hofcavaliers,

Zwey Mann von der Leibwacht.

} stumme Personen.

La Brise } Jagdbediente, { Hr. Titke.
Saint Jean, { Hr. Brochard.

Michael Richard, schlechtweg Michau genannt, ein
    Müller in Lieursain. Hr. Eschrich.

Richard, Sohn des Michau, Liebhaber der Agathe.
    Hr. ●muth.

Margot, Frau des Michau. Mad. Hohl.

Catau Tochter des Michau, die in den Lucas verliebt ist.
    Mad. Brochard.

A 2   Lucas.

Lucas, ein junger Bauer von Lieursain, Liebhaber der Catau. Hr. Schmid.

Agathe, eine Bäurin von Lieursain, Geliebte des Richard. Mad. Marchand.

Ein Holzhacker.   Hr. Hohl.

Zwey Wilddiebe.   { Hr. Tummel.
                    { Hr. Leemayer.

Ein Forstaufseher, der in Lieursain wohnet.

Erster

Erster Aufzug.

Die Scene ist zu Fontainebleau in der Gallerie, an deren Ende man das Vorgemach des Königs erblickt.

Erster Auftritt.

Der Herzog von Bellegarde, der Marquis von Conchiny, beyde in Jagdkleidern.

Der Herzog von Conchiny (mit einer verdrießlichen Miene)

Da sind wir nun schon seit vier Tagen hier in dem Fontainebleau — — und in zwey Stunden gehen wir auf die Jagd, mein lieber Herzog von Bellegarde?

Der Herzog von Bellegarde (bey Seite)
Mein lieber Herzog von Bellegarde! — wie abgeschmackt! — (laut) Ja mein werthester Marquis

von

von Conchiny, wir werden heute einen Hirſch ja=
gen; — vielleicht auch zwey; — und wenn wir zu=
rück kommen, ſo werden wir die Ehre haben mit dem
König zu ſpeiſen; (denn Sie werden auch dabey ſeyn,
Sie, mein Herr Marquis) (mit einer Geheimnißvollen
Miene) Wie das alles ſo ſchön mit Ihren Abſichten
übereinſtimmet, die ich gar wohl einſehe — Was
mich betrift — ſo muß ich geſtehen, daß es mir
nicht ſo ganz recht iſt — Eine gewiſſe ſehr vorneh=
me Dame, die eben nicht der Meynung war, daß ich
heut Abend mit dem König ſpeiſen ſollte, wird über=
aus verdrießlich darüber ſeyn.

Der Marquis von Conchiny.

Ich kan Ihnen verſichern, daß es mir eben ſo un=
gelegen iſt. Dieſe Jagd — und inſonderheit dieſe
Ehre, heut Abend mit dem König zu ſpeiſen, — die
ich zu einer andern Zeit für ein beſonderes Glück hal=
ten würde — iſt mir für heute ſehr beſchwehrlich.

Der Herzog von Bellegarde (ein wenig ſpöttiſch)

Beſchwerlich, mein Herr Marquis? — Nun ja
doch, ich weiß es ja, und Sie haben es mir geſtern
noch erſt geſagt, daß Ihre Abſicht war, heute nach
Paris zu gehen, und einen Beſuch bey Ihrer kleinen
Agathe abzuſtatten — (mit einem etwas ernſthaften
Ton) Ich dächte aber doch, mein wertheſter Herr
Marquis, daß Sie eben ſo ſehr veſt in der Gnade des
Königs noch nicht ſtehen, daß dieſer widrige Zufall
(wenn die Ehre mit dem König zu ſpeiſen anderſt ſo

genannt werden darf) Ihnen so sehr zur Last seyn
solte.

Der Marquis von Conchiny.

Sie haben Recht, mein Herr Herzog; ich begreife
wohl, daß ich mein eigenes Vergnügen aufopfern muß,
um jene wichtige Sache, die Ihnen bekannt ist, hier
zu betreiben —

Der Herzog von Bellegarde.

Ey, können Sie daran noch zweifeln? O! mein
Herr, man muß vor allen Dingen die Geschäfte besorgen — Wenn man hernach noch Zeit übrig be-
hält, so kann man selbige dem Frauenzimmer wid-
men.

Der Marquis von Conchiny.

Ich gebe dieses alles zu; Sie wissen aber nicht, daß
ich diesen Augenblick einen Brief von meinem Kammerdiener, dem Fabricio, meinem Vertrauten in dergleichen Händeln, bekommen habe — und — dieser unachtsame Schurke meldet mir, daß die kleine
Bäurin sich gestern Morgen in aller Frühe aus dem
Staube gemacht; sie hat sich durch Hülfe der Bett-
tücher, die sie an das Fenster befestiget, herunter gelassen, und ist auf diese Art aus demjenigen Hause
in Paris entflohen, worin ich sie durch diesen nichts-
würdigen Burschen bewachen ließ.

Der Herzog von Bellegarde (mit Verwunderung)

Wie, Agathe ist aus Ihrem Hause entflohen? —
das verstehe ich nicht. Wie weit waren Sie denn mit
ihr gekommen.

Der

Der Marquis von Conchiny.

O ich war — ich war noch zu nichts gekommen.

Der Herzog von Bellegarde.

Zu nichts? Erzählen Sie mir doch keine Fabeln.

Der Marquis von Conchiny.

Zu nichts, ich verſichere es Ihnen; zu weniger als nichts.

Der Herzog von Bellegarde.

Das iſt unglaublich, was Sie mir da erzählen.

Der Marquis von Conchiny.

Es iſt keine Fabel, glauben Sie es mir auf mein Wort, ich ſage Ihnen die Wahrheit. Das närriſche Mädgen iſt in einen dummen Bauerkerl verliebt, den ſie eben heirathen wolte, als ich ſie durch den Fabri-cio entführen ließ — der Herr Richard iſt der Ge-genſtand ihrer Liebe — der Sohn eines Müllers, der in eben dem Dorfe zu Lieurſain wohnet.

Der Herzog von Bellegarde.

Ein Bauer von Lieurſain? — Der künftige Erbe eines Müllers? Das iſt ein furchtbarer Nebenbuhler! Wie zum Henker, dergleichen Hinderniſſe ſind würk-lich wichtig genug geweſen, Sie ſo geſchwind abzu-ſchrecken? —

Der Marquis von Conchiny.

Lachen Sie nicht darüber; dieſe Hinderniſſe ſind wirklich, wenigſtens für mich, unüberwindlich gewe-ſen. Das iſt eine Tugend — die bis zur Raſerey

geht

geht — Was soll ich Ihnen sagen, Sie hat sich schon
einmal mit einem Messer, das sie eben bey der Hand
hatte, vor meinen Augen erstechen wollen, und ich
hatte alle Mühe, ihr selbiges aus der Hand
zu reissen.

Der Herzog von Bellegarde.

Nur weiter, nur weiter, mein Herr Marquis, Sie
machen Ihren kleinen Roman immer wahrscheinlicher:
Denn nichts ist gewöhnlicher, als daß sich ein Frauenzimmer erstechen will — zumal wenn man sie daran
zu hindern sucht.

Der Marquis von Conchiny.

O es war hier kein Scherz; es war ihr völliger
Ernst.

Der Herzog von Bellegarde.

Doch würklich? So war es doch Ernst? — Auf
die Art ist es doch in der That tragisch.

Der Marquis von Conchiny (ohne den Herzog
anzuhören, und nachdem er ein wenig nachgedacht)

Ich hätte große Lust Sie Ihren Hirsch allein ja-
gen zu lassen — und nach Paris zu gehen, wenn
die Jagd in der Gegend herum seyn sollte. — Ha!
da sehe ich zwey Jagdbediente; wollen Sie erlauben,
daß ich mich bey ihnen erkundige? — Meine Herren! Meine Herren! Auf ein Wort, wann es Ihnen
gefällig ist.

Zweyter Auftritt.

Der Herzog von Bellegarde, der Marquis von Conchiny, die beyde Jagdbedienten.

Die beyden Jagdbedienten (auf einmal)
Was befehlen Sie, mein Herr Marquis?

Der Marquis von Conchiny.
Sagt mir doch ihr Herrn, in welcher Gegend des Waldes wird wohl heute der Sammelplatz von der Jagd ſeyn?

Der eine Jagdbediente.
Bey dem Creutzweg von Chailly, mein Herr Marquis.

Der Marquis von Conchiny.
Aber wo iſt der Creutzweg?

Der zweyte Jagdbediente.
Wiſſen Sie Herr Marquis, wo? — Es iſt beynahe drey Stunden von hier, wenn man gerade nach Paris zugehet — Ich habe mit angehöret, wie der Vorſuch ausgefallen. Der Hirſch ſteht in der Diſtung von Hallieres — Er wird Ihnen warm machen. Nach der Fährde iſt es ein ſtarker Hirſch.

Der erſte Jagdbediente.
Es iſt ein Hirſch von zehen Enden — Er wird Sie weit herumführen; wer weiß wie weit! Vielleicht bis nach Roſny, (mit einer etwas leiſern Stimme, und mit einer gehe aißvollen Art zu dem Herzog von Bellegarde,)
wohin

wohin der Herr von Sülly, wie man sagt, gestern Abend verwiesen worden.

Der zwepte Jagdbediente (mit einer vielbedeutenden Miene)

Nein, er ist erst diesen Morgen dahin abgereiset — (zum Herzog) Sollte die Nachricht wohl gegründet seyn?

Der Herzog von Bellegarde (unwillig)

Ey pfui doch, ihr Herren! es ist kein wahres Wort an der ganzen Geschichte.

Der Marquis von Conchiny.

Es ist auch gar nicht wahrscheinlich. Ich habe ihn heute noch mit dem König in die Rathsversammlung gehen sehen.

Der erste Jagdbediente (ein wenig aufgebracht)

Ich wollte lieber, daß er schon an dem Ort seiner Verbannung wäre, so würden doch seine Ungerechtigkeiten einmal ein Ende haben, die er immer mit dem Vorwand, daß er des Königs Nutzen suche, zu entschuldigen weiß.

Der zwepte Jagdbediente.

Es ist wohl wahr; noch vor kurzem hat er uns aufs neue unsere Einkünfte geschmälert, und sicherlich aus keiner andern Ursache, als daß er sie zu seinem Nutzen verwenden könne. Ich glaube einmal gewiß, daß der König von allem dem, was man uns abzwackt, nicht das geringste bekommt.

Der

Der Herzog von Bellegarde (mit einem gebietenden Ton)

Gemach! Gemach! ihr Herren! Man spreche mit ein wenig mehr Achtung und Ehrerbietung von einem so großen Minister.

Der Marquis von Conchiny.

Der Herzog von Bellegarde hat Recht, ihr Herren; man muß niemals von Leuten übel sprechen die am Ruder sitzen — (bey Seite.) so lange sie wenigstens die Gewalt in Händen haben.

Der Herzog von Bellegarde.

Es ist genug, ihr Herren, verlassen sie uns.

(Die beyde Jagdbedienten gehen bis hinten ans Theater zurück, wo sie bis zu Ende des ersten Aufzugs stehen bleiben.)

Dritter Auftritt.

Der Herzog von Bellegarde, der Marquis von Conchiny.

Der Marquis von Conchiny, (lebhaft)

Da haben Sie nun, aus dem allgemeinen Gerüchte von der Verbannung des Herrn von Sülly, den klaren Beweis, wie sehr man dessen Fall wünscht — — — Kurz, ich werde da bleiben. Ich will jetzt nur auf den heutigen Abend denken — — und bey der Tafel die erste Gelegenheit ergreifen, mit dem König

nig

nig zu reden, um ihn endlich ganz zu überzeugen, daß er sich in der Person des Herrn von Rosny betrogen, den ich nun einmal gewis für verloren halte, wenn Sie nur auch die Hände dazu bieten wollen.

Der Herzog von Bellegarde.

Ich muß Ihnen sagen, daß es mir leid um ihn seyn würde, wenn Ihre Prophezeyhung einträfe. In Wahrheit, es würde mir leid seyn: Denn ich gestehe es, ich habe überaus viel Zuneigung zu der Person des Herrn von Sülly; und dennoch möchte man fast wünschen, daß er nicht mehr am Ruder wäre, denn sobald man sich von dem König die geringste Gnade ausbitten will, so ist einem immer der unbiegsame Kopf dieses liebenswürdigen Mannes im Wege — — das ist nicht auszustehen.

Der Marquis von Conchiny.

So ist es; und eben dieser unbiegsame Character dieses Mannes, hätte Sie schon längst auf die Gedanken bringen sollen, sich mit uns zu vereinigen. Wir haben alles sehr gut eingefädelt — — Um Sie dahin zu bewegen, will ich mich Ihnen ganz entdecken. So viel kan ich Ihnen vorläufig versichern, daß wenn wir nur anderwärts ein wenig unterstützt werden so soll es mit diesem Herrn bald geschehen seyn; das ist nun einmal richtig. Die Signora Galigai ist unvergleichlich in dergleichen Unternehmungen zu gebrauchen; Sie hat bisher die ganze

Cas

Cabale geſpielt — — Sie iſt ein vortrefliches Genie.

Der Herzog von Bellegarde.

Ja es iſt eine geſchickte Frau, wie ich von allen Leuten höre.

Der Marquis von Conchiny (ſehr lebhaft)

O! ſie iſt unvergleichlich! Auſſer den Satyren und Pasquillen, die ſie bey Hofe von dem Herrn von Roſny ausſtreuen laſſen (und die, wie ich gewis glaube, auf ihre Veranlaſſung gemacht worden) ſo hat man es auch ihrer Sorgfalt zu verdanken, daß das Publicum durch die öffentlich bekannt gemachte Zeugniße, die eben ſo gegründet als beiſſend ſind, von den Malverſationen und eben ſo herrſchſüchtigen als ſtrafbaren Abſichten des Herrn von Sülly überzeugt worden — — Auſſerdem weiß ich, daß ſie Mittel gefunden hat, durch ſichere und vertraute Perſonen, noch ſtärkere Klagen wider ihn, bey dem König anzubringen, bey welchen das Wahre mit dem Wahrſcheinlichen ſo wohl vermiſcht iſt, daß er ſich ohne ein Wunderwerk nicht heraus wickeln kan —

Der Herzog von Bellegarde.

Ich weiß nicht — — Mein Herr Marquis — — Ich würde mich faſt nicht wundern, wenn er ſich von neuem heraus wickelte. Er vermag gar zu viel über das Gemüth des Königs, der von jeher gleichſam eine natürliche Zuneigung gegen ihn blicken laſſen.

Der

Der Marquis von Conchiny (sehr lebhaft)

Eben dies wird ihm am nachtheiligsten seyn. Je mehr der König auf ihn gehalten hat, desto gehäßiger wird er ihm jetzt werden, da er dessen Gnade so gemißbrauchet. (Er führt den Herzog auf eine geheimnisvolle Art in eine Ecke des Theaters, und sagt mit leiser Stimme) Gestern haben wir ihm den letzten Streich versetzt; es ist ein schriftlicher Aufsatz von dem Herrn von Rosny selbst, ein Billet von seiner eigenen Hand, davon wir gegen ihn selbst Gebrauch zu machen gewußt —— und zwar ohne alle Arglist — Als es der König gelesen hatte, schickte er es ihm auf der Stelle durch den La Varenne, der mir sogleich Nachricht davon gab, und der auch, aus einigen Worten, die der König bey dieser Gelegenheit fallen lassen, Anlaß genommen, das Gerücht von seiner Verbannung von Hofe auszubreiten, so wie Sie es eben jetzt noch erst gehört haben — Ach! wenn der Herzog von Bellegarde mit uns gemeinschaftliche Sache hätte machen wollen!

Der Herzog von Bellegarde.

Ich? mit Ihnen gemeinschaftliche Sache machen? Ich denke nicht daran, mein lieber Herr Marquis, wahrlich nicht: Und wie ich bereits die Ehre gehabt, Ihnen zu sagen, ich fühle noch immer gegen diesen verzweifelten Mann, eine gewisse Regung von Freundschaft, deren ich mich nicht entschlagen kan. — Und ausserdem bin ich so wenig zu dergleichen Cabalen geschickt — ich stelle mich so wunderlich dazu an,

daß

daß ich hundertmal lieber eine Veſtung erobern helfen, als mich zu dergleichen Hofintriguen gebrauchen
laſſen will. Ich bin gar zu ungeſchickt dazu, ich verſichere Sie.

Der Marquis von Conchiny (lächelnd)
O! Sie ſind geſchickter dazu, als Sie es dem Anſehen nach ſeyn wollen. Eben jetzt, da Sie ſo zurückhaltend ſind, entdeckt man Ihre Staatskunſt.
Wenn die Mine ſpringt und ihre Wirkung thut, ſo
wollen Sie an dem guten Erfolg mit Theil nehmen;
wenn ſie aber vor der Zeit entdeckt wird, ſo wird
man nicht einmal auf die Gedanken gerathen, als ob
Sie mit daran arbeiten helfen.

Der Herzog von Bellegarde (ernſthaft und
mit einer ſehr ſtolzen Miene)
Nur einen Augenblick Gedult, mein Herr, wenn
es Ihnen gefällig iſt, Sie können und dürfen nicht
denken, daß — —

Der Marquis von Conchiny (unterbricht ihn
mit vieler Demuth und Unterthänigkeit)
Nicht doch, nicht doch, Herr Herzog, ich ſehe
nunmehr ein, was ich von Ihrer Unthätigkeit denken
kan und ſoll. Ihr Herren Franzoſen, haltet, ver-
möge Eurer alten Aufrichtigkeit eine jede Intrigue,
wenn ſie noch ſo gerecht iſt, für etwas Böſes; ich
vor mein Theil, ſehe nichts Böſes dabey. Ich glaube vielmehr, daß in Anſehung des Uebels, welches

der

der Herr von Rosny dem Königreich zugefüget, ganz
Frankreich es uns, der Signora Galigai, und mir,
Dank wissen wird, daß wir es von diesem Minister
befreyet haben. Wir haben bey dieser ganzen Unter=
nehmung die beste Absicht, wir haben nichts als die
Wohlfarth Frankreichs zum Endzweck.

Der Herzog von Bellegarde (mit einer spötti=
schen Miene)

O! ich weiß es gar wohl, daß dieses Ihr End=
zweck ist — Aber da kommt der König aus der ge=
heimen Rathsversammlung.

Der Marquis von Conchiny leise zu dem Her=
zog von Bellegarde.)

Der Herr von Sülly begleitet ihn. Sie sind noch
immer ganz kaltsinnig gegen einander; sie stehen noch
nicht gut mit einander; das ist unvergleichlich!

Vierter Auftritt.

Heinrich der Vierte in Jagdkleidern, der Her=
zog von Sülly in gewöhnlichem Anzuge, der
Herzog von Bellegarde, der Marquis von Con=
chiny, ein Gefolge von Hofleuten und die bey=
den Jagdbedienten, die an der Thür des
Königl. Vorzimmers stehen bleiben.

Der König (tritt in Begleitung des Herzogs von
Sülly hervor, mit dem er dem Ansehen nach so

gleich zu reden wünſcht; er beſinnt ſich aber, und
wendet ſich zu dem Herzog von Bellegarde.)

Guten morgen, mein lieber Bellegarde; guten
morgen, mein Herr von Conchiny (zu dem Herrn von
Sülly) die Rathsverſammlung war heut früher aus,
als ich vermuthet hatte, mein Herr von Sülly —
Wir verſammlen uns erſt um Mittagszeit, meine
Herren; wir haben noch Zeit genug übrig.

Der Herzog von Bellegarde.
Euer Majeſtät haben in Wahrheit einen unver-
gleichlichen Tag zur Jagd gewählet.

Der König. (unruhig.)
Es iſt wahr, für die jetzige Jahreszeit hätte man
ſeinen ſchöneren Tag wünſchen können — Wir ſind
ſchon im Herbſt.

Der Herzog von Sülly.
Haben Euer Majeſtät, vor der Abreiſe noch ſonſt
etwas zu befehlen?

Der König (kaltſinnig und gezwungen.)
Nein, mein Herr, ich glaube, daß ich Ihnen in der
Rathsverſammlung alles geſagt habe— —Es ſey denn
daß Sie ſelbſt noch ein beſonderes Anliegen hätten.

Der Herzog von Sülly.
Ich glaube nicht, daß ich etwas vergeſſen habe,
Sire — — Doch ja, eben jetzt fällt mir die Sache
des tapfern Crillon bey, und ich will den Augenblick
zu ihm gehen, um — —

Der König (der ihn mit einiger Ungedult unterbricht.)

Ihr werdet nicht so viel Zeit mehr haben, die Sache mit dem Crillon in Richtigkeit zu bringen, denn
er geht mit mir auf die Jagd — — Solltet Ihr
mir aber nichts zu sagen haben (mit einiger Verwirrung.)
das Euch selbst angienge? Euch, mein Herr! — —
Hättet Ihr wohl so viel Zeit, hier einen Augenblick
auf mich zu warten. — Sollte es Euch etwa nicht
— beschwerlich fallen?

Der Herzog von Sülly (bückt sich sehr tief.)

Ich? Sire, ein jeder Augenblick meines Lebens ist
jederzeit zu Euer Majestät Diensten gewesen. Gleich
jetzo, wenn Sie befehlen —

Der König (etwas gnädiger.)

Nein, jetzt muß ich zur Königin gehen, und meine
Kinder umarmen; ich kan mir dieses Vergnügen nicht
länger versagen. Erwartet mich hier in dieser Galerie — (mit einem etwas gezwungenen Wesen.) Ich
muß also wohl mit Euch von Euch selbst reden, da Ihr
nicht zuerst davon anfangen wollt — Ihr, mein
lieber Bellegarde, folget mir; Ihr könnt zwar nicht
mit zu der Königin ins Zimmer gehen, denn es ist
noch zu früh; ich will Euch aber unterweges etwas
von Eurem Gouvernement von Bourgogne sagen.
Kommt, mein Freund, begleitet mich.

(Der König geht mit dem Herzog von Bellegarde ab; ein Theil ſeiner Hofcavaliers folgt ihm; die übrigen bleiben mit den beyden Jagdbedienten ganz hinten auf dem Theater. Der Herzog von Sülly und der Marquis von Conchiny treten hervor.)

Fünfter Auftritt.

Der Herzog von Sülly, der Marquis von Conchiny.

Der Marquis (bey Seite.)

Ich muß den Herzog von Sülly auf die Materie bringen; er wird gewiß einige unbeſcheidene und hochmüthige Reden heraus ſtoſſen, die ich dem Könige heut Abend Wort für Wort hinterbringen will. (laut) Die beſondere Unterredung die der König mit Ihnen halten will, mein Herr Herzog, verurſachet mir ein ausnehmendes Vergnügen. Es wird Ihnen nicht ſchwer fallen alle die verdrießliche Zwiſtigkeiten, die ſeit einiger Zeit zwiſchen dem König und Ihnen entſtanden, beyzulegen. — Ich vor mein Theil, wünſche es wenigſtens von ganzem Herzen.

Der Herzog von Sülly (kaltſinnig.)

Ich bin Ihnen für Ihre gute Meynung höchſtens verbunden, mein Herr von Conchiny.

Der

Der Marquis (sehr lebhaft.)

Ach! wie ist Ein grosser Minister zu beklagen! Der
Neid und die Verleumdung verfolgen ihn unaufhörlich. Bey einem andern Fürsten, als unser Monarch, fürchtete ich, daß —

Der Herzog von Sülly (unterbricht ihn, in einem spröden Ton.)

Es ist wahr; bey ihm aber habe ich nichts zu fürchten, und ich fürchte mich auch nicht, mein Herr.

Der Marquis von Conchiny.

Bey unserm Monarchen können Sie Recht haben,
der alle Ihre ihm so vielfältig erwiesene Dienste beständig vor Augen hat. Der sich noch erinnert, daß Sie ihm
in den ersten Jahren Ihr Glück aufgeopfert, daß Sie
mehr als hundertmal Ihr Leben an seiner Seite ge-
waget; daß die Wunden, womit Sie bedeckt sind,
noch jetzt —

Der Herzog von Sülly (der ihn mit Ungedult unterbricht.)

O! ich bitte Sie, mein Herr, lassen Sie uns nicht
weiter davon reden.

Der Marquis von Conchiny.

Ich sage nicht zu viel, und der König kan es unmöglich vergessen, daß Sie innerhalb dem Reich mit
denen Grossen des Staats, von welchen er sein Königreich Stück vor Stück wieder einlösen müssen,
den Vergleich gemacht. — Daß ausserhalb Landes

Ihre Unterhandlungen noch weit wichtiger geweſen;
er muß ſich deſſen beſtändig erinnern, daß die höchſt-
ſeelige Königin Eliſabeth Ihnen in London ——

Der Herzog von Sülly (mit noch gröſſerer Ungedult.)

Um des Himmels willen, mein Herr, ich bitte Sie
noch einmal, laſſen Sie uns davon aufhören. Alle
dieſe ſo aufrichtige Lobeserhebungen, werden mich
nicht irre machen, ich verſichere Sie. Ich will doch
ſehen, wo Sie endlich hinaus wollen.

Der Marquis von Conchiny (noch lebhafter.)

Ich will den Schluß aus allem dem, was ich bisher geſagt, ziehen. Ich glaube, daß es unmöglich
iſt, daß der König in ſeinem Herzen, die von Ihnen
erhaltene Dienſte, nicht mit dem gröſten Dank erkennen ſollte; jetzt aber ſagen Sie mir einmal, ich bitte
Sie darum, ob es Sie nicht äuſſerſt befremden muß,
daß dieſer Fürſt, ohnerachtet aller Verbindlichkeiten
die er Ihnen ſchuldig iſt, und ohnerachtet er Ihr
Herz ſo gut kennet, nur einen Augenblick die falſchen
Beſchuldigungen Ihrer Verläumder anhören mag, die
ſeit einigen Monaten her unaufhörlich bemühet ſind,
Sie bey ihm anzuſchwärzen.

Der Herzog von Sülly (mit einer kaltſinnigen und ſpöttiſchen Miene.

Hören Sie, mein Herr von Conchiny —— Wenn ich
es mit einem Manne zu thun hätte der weniger of-
fenherzig wäre, —— und der nicht immer das Herz
auf

auf den Lippen hätte so wie Sie; so würde ich vielleicht auf die Gedanken gerathen, daß die Frage, die
Sie da an mich thun, ein wenig kitzlich sey, und
daß es eben so gefährlich seyn möchte, sie zu beantworten, als mit Stillschweigen zu übergehen; aber
mit Ihnen — —

Der Marquis von Conchiny (der ihn unter-bricht.)

Ich, der ich Ihnen so ergeben bin, und der — —

Der Herzog von Sülly.

O! ich weiß es, mein Herr von Conchiny! Und
ich sage es Ihnen auch, daß wenn ich gegen jemand
anders, als Sie, diese Frage unbeantwortet ließe,
so könnte mir dieses Stillschweigen bey dem König,
(wenn es jemand anders wäre, als Sie) als ein straf-
barer Hochmuth ausgelegt werden; und daß — —
wenn ich im Gegentheil darauf antwortete, und es
eingestünde, daß der König meinen Anklägern ein gar
zu gefälliges Ohr leihete, so würde ich meinen Herrn
und Wohlthäter auf die ungerechteste Art beleidigen.

Der Marquis von Conchiny.

Ja, ich begreife sehr wohl — —

Der Herzog von Sülly (fällt ihm in die Rede.)

Inzwischen, mein Herr Marquis, wenn ich mich
aller Gefahr ohnerachtet, in einer so kitzlichen Sache
erklären sollte, so würde ich einem solchen heimtücki-
schen, übelgesinnten Menschen, der nur meine Gesin-

B 4   nung

nung auszuforschen suchte, alles das sagen, was ich Ihnen selbst, mein Herr von Conchiny, und was ich meinem besten Freund sagen müßte. Ich würde ihm sagen: Da ich mir keine Vorwürfe zu machen habe, und mich auf die Gerechtigkeit des Königs zuversichtlich verlasse, so bin ich auch von den gnädigen Gesinnungen desselben gegen mich, so gewiß versichert und überzeugt, daß wenn ich selbst aus dem Munde dieses Monarchen das Urtheil hören sollte, daß er mich verstoßen wollte, so würde ich es nicht einmal glauben; ich würde mich eher überreden, daß seine Zunge sein Herz hintergangen habe.

Der Marquis von Conchiny (ein wenig betreten.)

O! mein Herr von Sülly — Ja — Aber Sie sollten sich doch nicht so ganz ohne Sorge — — diesem blinden Vertrauen überlassen — — und sehen Sie —

Der Herzog von Sülly (mit einer Miene, die eine offenbare Verachtung verräth.)

Ich sehe nichts, und will auch weiter nichts sehen, mein Herr. Dis sind die wahren Gesinnungen meines Herzens, die Sie dem König mit eben den Worten wieder hinterbringen können. — Mit eben den Worten — welches ich denn doch eben von Ihnen nicht erwarte. Wenn Sie aber wollen, Herr Marquis, daß ich deutlicher und weniger figürlich mit Ihnen reden soll —

Der

Der Marquis von Conchiny.

Wie, mein Herr von Sülly, — ich — ich sollte im Stande seyn? — Aber da kommt der König wieder zurück.

Sechster Auftritt.

Der König, der Herzog von Sülly.

(Der König bleibt an der Thür der Gallerie stehen. Der Herzog von Sülly und der Marquis von Conchiny gehen ihm entgegen; letzterer tritt in das Vorgemach und bleibt dort während dem ganzen Auftritt mit dem Herzog von Bellegarde. Der Marquis von Praslin und einige stumme Personen nebst den Jagdbedienten bleiben gleichfalls in dem Vorgemach, und bezeigen in ihren Gebehrden einige Neugier und Unruhe, wegen dem Ausgang dieses Gesprächs.)

Der König

(ertheilt bey dem Eintritt in die Galerie einige Befehle.)

Bellegarde, d'Aumont, Brissac, Dupleßis, Matignon, Villars, La Chatre, Clermont, und auch Ihr Herr von Montmorenci, haltet Euch hier in dem Vorgemach einen Augenblick auf; wir wollen hernach sogleich fort auf die Jagd; ich habe nur vorher noch einige Worte mit dem Herrn von Sülly allein zu reden — — Marquis von Praslin!

Der Marquis von Praslin.

Was befehlen Euer Majestät.

Der

Der König (zu dem Marquis von Praslin.)

Bleibt Ihr auch dort im Vorzimmer und stellet zwey Schildwachten an die Thür, mit dem Befehl, niemand, wer es auch sey, in die Gallerie zu lassen. Die Thüren können aber offen bleiben; man darf uns zwar wohl sehen, ich will aber doch nicht, daß jemand unsere Unterredung mit anhöre.

(Der Marquis von Praslin stellet selbst die Schildwachten vor die Thür der Gallerie.

Der König
(nimmt den Herzog von Sülly bey der Hand, und führt ihn ohne ein Wort zu reden bis ganz vorn aufs Theater; er läßt darauf die Hand des Herzogs fahren, sieht ihn einige Minuten an, ohne zu reden.)

Nun, mein Herr von Sülly? Können Sie sich in die Art, wie wir seit sechs Wochen mit einander leben, in die kaltsinnige Begegnung von meiner Seite, und in den Zwang, den wir uns beyde anthun, so wohl schicken? Sie sind also gar nicht einmal unruhig darüber?

Der Herzog von Sülly (in einer edlen und ehrfurchtsvollen Stellung.)

Sire, wenn ich es mit einem andern Fürsten, als mit Heinrichen zu thun hätte, so würde ich mich für verlohren halten, da ich sehe, daß Sie mir nicht mehr mit derjenigen Vertraulichkeit begegnen, der ich immer gewürdiget ward; aber von Seiten Euer Majestät sind mir Dero Billigkeit und vortreffliche

liche Denkungsart — ja, wenn ich es sagen darf,
Dero Freundschaft und meine Unschuld Bürge! Alles dieses beruhiget mich und setzt mich ausser Sorgen.

Der König (etwas weichmüthig.)

Diese Ruhe kan, ich muß es gestehen, das Zeugniß eines unbefleckten Gewissens seyn, das sich keine Vorwürfe zu machen hat. Unterdessen aber muß es Euch doch nicht unbekannt seyn, daß ganz Frankreich Klagen gegen Euch führet, und bey dem allen beobachtet Ihr immer ein tiefes Stillschweigen.

Der Herzog von Sülly (gesetzt und ehrerbietig.)

Ja, Sire, mit einem ehrfurchtsvollen Stillschweigen muß ich es erwarten, daß Euer Majestät, mir wegen allen den Beschuldigungen, deren geringste schon die allergröste Verläumbung ist, zuerst den Mund öfnen. Wenn ich von diesen verhaßten und abgeschmackten Anklagen wider mich zuerst zu reden angefangen hätte, so würden selbige dadurch einigen Schein der Wahrheit erhalten haben. Es kommt mir nicht zu, Sire, mich vor dergleichen Beschuldigungen zu fürchten, denen Sie selbst keinen Glauben beymessen.

Der König (gütig.)

Aber, aber doch — —

Der

Der Herzog von Sülly (beherzt.)

Nein, Sire, Sie meſſen ihnen gewiß keinen Glauben bey. Es iſt doch nicht eine einzige von allen dieſen Beſchuldigungen, die auch nur den Schein der Wahrheit, ja ich kan ſogar ſagen, der Wahrſcheinlichkeit habe (Er zieht ein Papier aus der Taſche.) Hier iſt das Billet, welches Euer Majeſtät mir geſtern Abend durch den La Varenne zuſchickten. Vier Worte, die ich darunter geſetzt, müſſen das ganze Räzel erklären, wenn Euer Majeſtät die Gnade haben, und Sie nur mit einem Blick überſehen wollen. (Er giebt dem König das Papier.)

Der König.

Jetzt erwache ich auf einmal aus dem Traum, (Er nimmt die Hand des Herzogs) Ach mein lieber Herr von Rosny, wie hat man mich hintergangen! Die böſen Leute!

Der Herzog von Sülly.

Was die Satyren betrift, und beſonders das Pasquill des Jüvigny, welches ſo lebhaft und mit ſo vieler Beredſamkeit geſchrieben iſt, und welches ich eben ſo wohl geleſen habe, als Euer Majeſtät — —

Der König (der ihm hitzig in die Rede fällt)

Wie? Ihr habt es geleſen, Rosny, und Ihr ſeyd nicht den Augenblick gekommen, Euch deshalb bey mir zu erklären?

Der Herzog von Sülly.

Nein, Sire, ich habe es nicht der Mühe wehrt ge-
achtet. Ich will damit nicht sagen, als ob ich es
nicht für meine Schuldigkeit gehalten, und als ob
ich noch jetzt einen so strafbaren Hochmuth besäße,
wenn Euer Maj. zuerst davon gegen mich zu reden angefangen, daß ich mich nicht in eine nähere Erklärung
einlassen sollte, die zu meiner Rechtfertigung — —

Der König.

Was nennet ihr Rechtfertigung mein Freund?
Den Aufschluß, den ihr mir wegen dem Billet gebt, ist
mir hinreichend, vollkommen hinreichend, und ich
verlange weiter nichts zu hören.

Der Herzog von Sülly.

Erlauben Sie mir, Sire, es ist höchstnothwendig,
daß Sie mir die Gnade erzeigen und meine Rechtfertigung anhören, und hier ist sie: Seit drey und
dreyßig Jahren diene, ja ich darf wohl sagen, liebe
ich Euer Majestät. Zu dieser unverbrüchlichen Zuneigung kommt noch die Ehre, die ich niemals aus den
Augen gesetzt, und auch künftig nicht aus den Augen
zu setzen gedenke. Beyde vereinigen sich mit meinem
persönlichen Interesse, welches einzig und allein da-
rinn besteht, meinen letzten Blutstropfen in Ihrem
Dienst zu verwenden — Dis sind meine wahre Gesinnungen. — Um Euer Majestät zu überreden, daß
ich nicht nur den Willen habe, sondern auch im
Stande sey, ein Verräther zu werden, bedienen sich
meine

meine verſteckte Feinde, dieſe elende Creaturen, in
ihren Schmähſchriften, lauter Beweiſe, die auf ein-
gebildete Möglichkeiten gegründet ſind — — Und
wenn ich mich denn nun der gröſten Verrätherey
ſchuldig machen wollte, was könnte mein Endzweck
dabey ſeyn? — Mir Ihre Krone aufzuſetzen? —
Sie werden mich nicht für ſo gar unſinnig halten,
etwas unmögliches zu unternehmen. Sollte ich eine
andere Linie, oder wohl gar eine fremde Macht auf
den Thron helfen wollen? Ach, mein Fürſt! ach,
mein Held! welcher Monarch, welche Macht, welcher Staat könnte mich jemals auf einen höhern Gipfel des Glücks erheben, als Sie mich bereits erhoben
haben?

Der König (der ſich ihm in die Arme wirft.)

Ach! mein lieber Roſny! mein wehrteſter Roſny!

Der Herzog von Sülly (fährt lebhaft fort.)

Ach! mein Herr, Sie ſind mein Gebiether! Sie
werden es ewig ſeyn Sie lieben, Sie ehren mich —
Ja, Sire, Sie ſchätzen mich ſo hoch, daß ich den
ſchmeichelhaften Gedanken hege, daß Sie ſelbſt in
dieſer Sache gegen meine Treue keinen Argwohn gehabt haben; wenigſtens keinen würklichen Argwohn.
Nein Sire, Sie können ihn ohnmöglich gehabt haben.

Der König (ſehr lebhaft.)

Würklichen Argwohn! Nein mein Freund, dergleichen habe ich nicht geheget; es war kaum eine kleine
Unruhe — und die ſo ſchwach war, daß ſie nicht
lange

lange bauren konte. Höre, mein lieber Rosny, ich
will Dir mein ganzes Herz offenbaren; Ich würde
selbst diese geringe Unruhe nicht empfunden haben,
niemals würde man es so weit gebracht haben, auch
nur den kleinsten Argwohn bey mir gegen Deine Treue
zu erregen, wenn wir beyde zu einer andern Zeit
lebten. Aber in diesem abscheulichen Zeitpunct, in
diesem Jahrhundert, welches sich durch innerliche
Unruhen, Zusammenverschwörungen und Verräthereyen
mehr als irgend ein anderes auszeichnet, wo mich
selbst diejenigen mit der grösten Untreue belohnet haben, denen ich als meinen besten Freunden begegnet
bin; wo ich mich mehr als hundertmal in Gefahr
gesehen, ein Opfer ihrer Bosheit zu werden; — —
Ach, mein wehrtester Freund, wirst Du es mir bey diesen Umständen nicht verzeihen, wenn dieses geringe
Mißtrauen wider meinen Willen bey mir entstanden
— — Ich will das vergangene durch neue Gnaden-
bezeigungen wieder gut machen, mein Herr von Rosny; ich will Euch auf den höchsten Gipfel des Glücks
erheben, Euch und Euer ganzes Hauß. Ich will,
daß — —

Der Herzog von Sülly (unterbricht ihn sehr hitzig.)

Halten Sie ein Sire; Sie möchten Ihre Gnade
gegen mich zu weit treiben; man muß ihr Grenzen
setzen: Ihr Unglück, und der Undank, womit man
so oft Ihre Wohlthaten belohnet, haben ein Miß-
trau-

trauen in Ihnen erregen und unterhalten können,
dem Sie aber künftig, in Absicht meiner, keinen Platz
mehr gestatten werden — — wenigstens verdiene
ich es nicht — — Wenn aber Euer Majestät mir
neue Wohlthaten erzeigen wollen, so müssen Sie sehr
vorsichtig dabey zu Werke gehen. Ich bin der erste,
der Sie auf den Knien bittet, mir niemals wichti-
gere Stellen oder Herrschaften zu geben; kurz, keine
dergleichen Begnadigungen, die mich in die Umstände setzen könnten, daß ich vermögend wäre, mich,
wenn ich es wagen wollte, zum Haupt einer Par-
they zu erklären. Dergleichen Gnadenbezeugungen sind
Waffen, deren ich mich zwar niemals bedienen würde; aber ich will meinen Feinden auch den Vorwand
benehmen, mir ein Verbrechen daraus machen zu
können.

Der König (sehr lebhaft.)

Ich schwöre es Dir Rosny, so lange ich lebe, sollst
Du keine Feinde zu fürchten haben.

Der Herzog von Sülly (bückt sich, um dem König zu danken)

Ach, Sire, wollte Gott, daß dieses wahr wäre!
Aber selbst diese Unterredung ist ein Beweiß, daß das
Gegentheil möglich ist, und was die Verläumdun-
gen arglistiger Hofleute vermögen.

Der König (mit der größten Lebhaftigkeit.)

Ey, sie würden nichts vermocht haben, wenn Ihr während der Zeit, da ich Euch kaltsinnig begegnet, gekommen wäret und Euch gerad heraus erkläret hättet; Ihr grausamer Mensch! — Ach Rosny, das war nicht schön von Euch. Habe ich wohl seit dreyßig Jahren, da ich Euch meine Freundschaft geschworen, das Geringste auf meinem Herzen behalten, das ich Euch nicht offenbahret hätte? Entwürfe, Staatsangelegenheiten, Vergnügungen, errichtete Freundschaften, Liebeshändel, häußliche Verdrieslichkeiten, alles, alles habe ich Euch vertrauet; und Ihr, Ihr seyd mit einer geringen Erklärung gegen mich so zurückhaltend! Sind das die Proben der Freundschaft? — — Ach! ich kan mich der Thränen nicht enthalten! — So kan denn ein König gar keinen Freund haben!

Der Herzog von Sülly (äusserst gerührt.)

Ach, mein bester Herr! diese Stärke, diese Wahrheit der Empfindung, öfnet mir jetzt die Augen über meinen begangenen Fehler. Ja, Sire, ich habe unrecht gethan, daß ich mich nicht gleich in dem ersten Augenblick erklärt habe, und daß ich —

Der König (sehr lebhaft.)

Ja wohl, habt Ihr unrecht gethan, und Ihr würdet Euer Vergehen noch viel lebhafter empfinden, wenn Ihr wüßtet, was ich während dieser Art von Uneinigkeit zwischen uns ausgestanden. Daß dieses

C   nie-

niemals wieder geschiehet, mein Freund. Dergleichen kleine Zwiſtigkeiten müſſen unter uns nicht über vier und zwanzig Stunden dauren; verſteht Ihr mich Roſny?

Der Herzog von Sülly.

O! ich will ihnen gleich im Anfang zuvor zu kommen ſuchen. Ach! Sire, — Ach mein Freund! — Rechnen Sie es der Verwirrung zu, worinn ſich mein Herz befindet, daß mir dieſes Wort herausgefahren —

Der König (mit der gröſten Lebhaftigkeit)

Nenne mich immer Deinen Freund, mein liebſter Roſny, Deinen Freund. — O! mein Herz hat die Freundſchaft, die es gegen Dich hegt, bey dieſem Vorfall nur zu lebhaft empfunden! Als ich vorhin zur Königin gieng und mich zwang, Dir froſtig zu begegnen, und Dich nur ſchlechtweg mein Herr nannte, erinnerſt Du Dich noch, daß Du mir nur mit einer tiefen Verbeugung antworteteſt? Als ich ſahe, wie ſchmerzhaft Dir dieſes war, und wie nahe es Dir gieng, mein lieber Roſny, ſo hätte wenig gefehlt, daß ich mich nicht in dieſem Augenblick Dir um den Hals geworfen, und eine Erklärung von Dir gefordert hätte.

Der Herzog von Sülly (äuſſerſt gerührt und mit gebrochener Stimme)

Ach, Sire! dieſer letzte Zug — — Ach! erlauben Sie mir, daß ich mich mit Thränen, die mir die Freude

aus-

auspreßt — und äufferst gerührt — zu Ihren Füffen — um Ihnen den aufrichtigsten Dank —

Der König (der ihn mit vieler Lebhaftigkeit
aufhebt)

Ey, was macht Ihr da, Rosny? Steht doch auf! Steht doch auf! Denkt doch, die Leute dort, die uns zusehen und die unser Gespräch nicht gehöret haben, könnten auf die Gedanken gerathen, als ob Ihr mich um Verzeihung bätet; Ihr denkt nicht daran, steht doch auf.

(Der Herzog, der mit einem Fuß auf die Erde kniet,
und seinen Mund auf die Hand des Königs gedrückt hat,
bleibt während den letzten Worten des Königs beständig in dieser Stellung. Der König hebt
ihn endlich auf und umarmet ihn zu
verschiedenen malen.)

Siebenter Auftritt.

Heinrich der Vierte, der Herzog von Sülly, der Herzog von Bellegarde, der Marquis von Conchiny, die Hofcavaliers und Jagdbediente.

Der König (indem er nach der Thür zugehet.)

Marquis von Praßlin, die Schildwachten können abgehen. Es kan jedermann herein kommen, wir wollen jetzt fort auf die Jagd. Ehe wir uns aber zu

Pferde setzen, meine Herren, muß ich Ihnen sämtlich noch erklären, daß ich den Rosny mehr als jemals liebe — — und daß uns nichts als der Tod scheidet.

Der Herzog von Sülly.

Ach Sire, womit werde ich so viele Gnade vergelten können — —

Der König.

Damit, daß Ihr mir ferner dient wie Ihr mir bisher gedient habt.

Der Herzog von Bellegarde zu dem Herzog von Sülly.

Mein Herr von Sülly, ich nehme den aufrichtigsten Antheil — —

Der Marquis von Conchiny (der ihm in die Rede fällt)

Ach! mein Herr, das unbeschreibliche Vergnügen — —

Der König (unterbricht ihn)

Fort! fort, Ihr Herren könnt ihm Euer Compliment auf der Jagd machen, denn ich will, daß er mit uns reiten soll.

Der Herzog von Sülly.

Ich, Sire?

Der

Der König.

Ja, Ihr, mein lieber Rosny. Ich weiß wohl, daß Ihr sonst kein Liebhaber von der Jagd seyd; aber ich möchte Euch nun gerne heute den ganzen Tag um mich haben, mein Freund.

Der Herzog von Sülly.

Ich bin von den gnädigen Gesinnungen Eurer Majestät, äusserst gerührt; wenn Sie mich aber verschonen wollten —

Der König.

Nein, mein guter Rosny, unsere Jagd würde nicht glücklich seyn, wenn Ihr nicht dabey wäret; und es ahndet mir, daß wenn Ihr mitgehet, uns allerhand lustige Begebenheiten aufstoßen werden; ich habe nun den Gedanken einmal so im Kopf. Gehet also und kleidet Euch um, und findet Euch hernach bey uns auf dem Sammelplatz ein; wir werden nicht eher anfangen, als bis Ihr da seyd.
(Er klopft ihm auf die Backen zum Zeichen der Freundschaft.)

Der Herzog von Sülly.

Wenn Sie es denn so befehlen, Sire, so will ich geschwinde gehen, und mich umkleiden. (Er geht ab.)

C 3 Achter

Achter Auftritt.

Der König und die Vorhergehende.

Der König.

Mein Herr von Conchinn! ich glaube diese Aussöhnung zwischen mir und dem Herrn von Rosny möchte vielen Leuten nicht so allerdings angenehm seyn.

Der Marquis von Conchinn.

Mir wenigstens, Sire, ist es sehr angenehm, ich schwöre es.

Der Herzog von Bellegarde.

Ich kan Sie versichern, Sire, daß diese Aussöhnung von allen, denen die Wohlfahrt des Staats nicht gleichgültig ist, eifrigst gewünscht worden. Dieser Mann wird allezeit Euer Majestät rechte Hand seyn, und seine Geschicklichkeit in den Geschäften —

Der König. (fällt ihm in die Rede)

Was nennet Ihr Geschäfte! Sagt lieber an der Spitze meiner Armeen, in den Rathsversammlungen, bey Gesandschaften — Ich habe ihn beständig mit Vortheil gegen meine Freunde und Feinde gebraucht. Aber wir müssen gehen.

Der König geht ab, und alle Hofleute begleiten ihn.

Ende des ersten Aufzugs.

Zweyter Aufzug.

Das Theater stellet den Eingang des Waldes von Senart, nach der Seite von Lieur= sain, vor.

Erster Auftritt.

Lucas, Catau in Bauerkleidern, so wie man selbige zu den Zeiten Heinrich des Vierten getragen.

(Man höret von weitem ein Jagdhorn)

Lucas.

Horch einmal Catau, hörst Du nicht die Jagdhör= ner? Noch einmal! Willst Du nicht mit mir gehen, die Jagd zu sehen? sie ist nicht weit von hier; wir wollen dem Schall der Hörner nachgehen.

Catau.

O! ich habe keine Zeit, Lucas; ich muß nach Hau= se gehen.

Lucas.

Ach Jungferchen, es geschicht nicht alle Tage, daß die Jagd bis nach Lieursain kommt. Wer weiß ob wir nicht gar unsern lieben König Heinrich zu sehen bekommen.

Catau.

Gewis, den möchte ich selbst einmal sehen; denn ich kenne ihn eben so wenig als Du, Lucas. Allein es ist schon spät; meine Mutter erwartet mich, ich muß ihr helfen das Abendessen machen. Mein Bruder Richard kommt heut Abend nach Hause.

Lucas.

Was sagst Du? Richard kommt heut Abend nach Hause? O was ist mir das für eine freudige Nachricht! Wie bin ich so vergnügt darüber! Ich hoffe, er soll Deinen Vater endlich dahin bringen, daß er in meine Heirath mit Dir, meine liebe Catau, willigt; der Alte zaudert gar zu lange — Aber es ist doch auch bey meiner Treu nicht schön, daß Du mir diese Neuigkeit nicht eher gesagt hast.

Catau.

Ey! wie habe ich es Dir denn eher sagen können; ich habe es vor einem Augenblick erst selbst erfahren.

Lucas.

Nun, so hättest Du es mir den Augenblick sagen sollen.

Catau.

Wie wunderlich! Ich habe es Dir doch nicht eher sagen können, als bis Du mir begegnet bist.

Lucas.

So! Du wirst wohl nicht daran gedacht haben daß Du mich hier allein antreffen würdest! Du hast
nur

nur im Sinn gehabt, der Jagd nachzulaufen. Ist
das auch freundschaftlich? Wenn man einem eine so
gute Nachricht zu bringen hat?

Catau.

Seht einmal, was er da vor Gelegenheit sucht mit
mir zu zanken, da ich doch nur deswegen die Jagd
sehen wolte, weil ich wußte, daß ich ihn hier auf dem
Wege antreffen würde, den lieben — Und jetzt zankt
er noch mit mir! — Geh nur hin, Du bist recht un-
dankbar.

Lucas, (zärtlich)

O! sey nur nicht böse liebe Catau! Ich habe das
ja nicht gewußt, — Ich habe Dich eben so lieb, so
lieb.

Catau.

Ach, ich habe Dich gewis auch lieb, ich, Lucas;
aber ich zanke doch nicht mit Dir, wenn Du es nicht
verdienet hast.

Lucas.

O! ja Du hast mich schon oft gezankt, ohne daß
ich es verdient hatte. Hast Du mich nicht gestern noch
in Gegenwart des Herrn und der Frau Michau recht
sehr gezankt, wegen der unverschämten Agathe, die
mit dem jungen Herrn davon gelaufen ist? Willst Du
noch sagen, daß ich Unrecht habe?

Ca-

Catau, (etwas aufgebracht)

Ja freylich will ich es noch ſagen. Ich kan es nicht glauben, daß die Agathe gutwillig mit dem Herrn davon gegangen iſt. Es iſt ſo ein verſtändig Mädgen, die mein Bruder Richard ſo lieb hat. Nein, nein, das Ding muß einen andern Zuſammenhang haben; ich verſtehe es nicht.

Lucas, (ſpöttiſch)

O! ich verſtehe es recht gut.

Catau.

Höre Lucas, wir wollen nicht von neuem wieder davon anfangen, denn ich würde noch einmal mit Dir deshalb zanken, wenn ich Zeit dazu hätte. Aber ich habe zu thun. Lebe wohl Lucas.

Lucas.

Schon gut, unartiges Mädgen.

Catau, (wirft ihm ihren Strauß ins Geſicht)

Unartiges Mädgen! da, lerne ein andermal beſſer reden.

Zweyter Auftritt.

Lucas.

Warte doch! warte doch! du kleiner Schelm! Sie iſt ſchon weit — Das war doch artig; was das vor

eine besondere Manier war, mir ihren Strauß zu
schenken; Sie stellt sich, als ob sie ihn mir ins Ge=
sicht werfen wolte! Das war unvergleichlich! (Er
nimmt den Strauß von der Erde auf, und indem er sich
wieder in die Höhe hebt, erblickt er Agathen.) Aber was
sehe ich! Ich bin doch nicht blind! So schön geputzt!
Das ist wahrhaftig Mamsell Agathe, GOtt ver=
zeih mirs!

Dritter Auftritt.

Lucas, Agathe, (als ein wohlhabendes Bürgermädgen
gekleidet, so wie zu Heinrich des Vierten Zeiten die Mode
war, in einem kleinen runden Reifrock, mit einem in die
Höhe stehenden Kragen, mit steifgestärkten Spitzen,
und mit einem Kopfzeug von schwarzen
Spitzen.)

Agathe.

Ich bin es selbst, mein lieber Lucas! höre mich nur
einen Augenblick an, ich bitte dich —

Lucas, (unterbricht sie)

Der Henker! wie Ihr so schön ausseht, Mamsell
Agathe! Ihr seyd wie eine Prinzeßin geputzt! Ihr
kommt doch von Paris? — von Hofe? — Ihr
müßt doch daselbst, während den sechs Wochen, daß
Ihr von Lieursain weg seyd, recht glücklich gewesen
seyn! Euer Vater Hyeronimus, der der kleinste Päch=
ter im ganzen Canton ist, der wird Euch nicht mehr
ge=

gekannt haben — Pfuy! Ihr ſoltet Euch zu Tode
ſchämen!

Agathe, (traurig)

Ach! ich weiß es wohl, daß ich dem Anſchein nach
ſtrafbar bin; aber in der That bin ich es doch nicht.
Der Marquis von Conchiny hat mich mit Gewalt weg-
nehmen und nach Paris führen laſſen; Sechs Wochen hat mich dieſer grauſame Menſch daſelbſt
gleichſam gefangen gehalten — Meine Tugend,
meine Herzhaftigkeit und meine Verzweiflung haben
mir ſo viele Kräfte gegeben, daß ich mich aus ſeinen
Händen losmachen können. Ich bin heimlich durch-
gegangen; ich komme den Augenblick hier an, und da
ich Dich geſehen, und mit Dir zu reden hatte, ſo habe ich mir nicht die Zeit nehmen wollen, dieſe Kleider
zuvor abzulegen, die ich dort wider meinen Willen
tragen müſſen, und die meiner Ehre und gutem Nahmen jetzt nachtheilig zu ſeyn ſcheinen.

Lucas, (ſpöttiſch)

Eure Ehre und guter Nahme! Schön geſagt! Das
klingt vortreflich! Das iſt, weil Ihr von Jugend auf,
bis in Euer vierzehendes Jahr bey der Signora Galigai im Hauſe geweſen ſeyd, da wo der Marquis von
Conchiny verliebt in Euch geworden iſt. Ha! Jungfer! da ſieht man, was es Euch genutzt hat, daß Ihr
bey vornehmen Leuten erzogen worden; das macht die
Mädgen verſtändig; da lernen ſie gut reden, aber ſich
ſchlecht

schlecht aufführen — Weil Ihr aber so klug seyd, glaubt Ihr darum, daß wir andere Leute nur so dumm sind wie das Vieh? Ha! denkt Ihr das? und meynt Ihr, daß ich Euch glaube? Ihr? Ich solte mich durch Eure glatten Worte betrügen lassen?

Agathe.

Aber wenn Du mir den Gefallen erzeigen woltest mein Freund —

Lucas, (fällt ihr in die Rede)

Ich, Euer Freund! Ihr habt Euch nicht darnach aufgeführet. Ich solte der Freund einer Untreuen seyn, die den ehrlichen Richard betrüget, dem sie doch versichert, daß sie ihn liebe, und die ihn nachher sitzen läßt, und einem Herrn nachläuft, den sie doch nicht heirathen kan! — dem sie ihre Ehre verhandelt, damit sie schöne Kleider bekomme, und nicht mehr in Bauerkleidern gehen dürfe! Ich solte der Freund einer solchen Creatur seyn! — Pfui! zum Henker! Ich habe nicht die geringste Freundschaft mehr vor Euch; gar keine; versteht Ihr mich?

Agathe.

Ich versichere Dir es noch einmal, Lucas, es ist nichts falscher, als —

Lucas, (fällt ihr in die Rede)

Es ist nichts gewißers. — Und das ist schlecht von Euch, hört Ihrs, daß Ihr in unserem Dorfe sol-

folche Unruhen angestiftet — baß Ihr unsere Hoch=
zeit auf einmal verhindert — Es war schon alles
richtig, daß ich die Mamsell Catau heirathen solte.
Und der Herr Michau, der der reichste Müller im
ganzen Königreich ist, der hätte Euch an seinen Sohn
Richard verheirathet, der auch nicht dumm ist, — der
zu Melün studiret hat, und der wie ein Orakel spricht,
just so wie Ihr; — der Latein kan, und der eben
darum, aus lauter Verdruß über Euch, daß Ihr ihn
habt sitzen lassen, jetzt geistlich werden will, damit
er künftig einmal unser Pfarrer werden könne.

Agathe.

Wenn Du mich denn nicht anhören willst, so sage
mir wenigstens nur, ob denn der Richard hier ist.

Lucas.

Nein, er ist nicht hier; er wird erst auf den Abend
kommen. Ist er doch so einfältig gewesen, um Eus
rentwillen nach Paris zu gehen, Gerechtigkeit
bey unserem gnädigen Könige zu suchen, der dieselbe
weder geringen noch vornehmen Leuten versagt.

Agathe, (bey Seite, seufzend)

Wie bin ich so unglücklich! Auf was Art soll ich
mich rechtfertigen? — (laut) Richard wird frey=
lich immer Ursache behalten, einen gehäßigen Ver=
dacht gegen mich zu hegen, ohne daß ich mich ein=
mal deshalb werde beklagen dürfen.

Lucas.

Lucas.

O! er würde wohl noch Unrecht haben, wenn er einen Verdacht hegte; ja doch! Jetzt weint Ihr! Ey, Ey! alle dergleichen Weiber-Thränen sind nichts als listige Ränke.

Agathe.

Ach, ich verzeihe es Dir, daß Du an meiner Aufrichtigkeit zweifelst. Wenn Du es aber auch nicht um meinetwillen thun willst, so thue es aus Freundschaft gegen den Richard, und erweise ihm einen Dienst, darum ich Dich gleich anfangs, als ich Dich hier im Walde erblicket, bitten wollen — Du wirst ihm dadurch einen Gefallen erzeigen.

Lucas.

Nun, was ist denn das vor ein Dienst, Agathe?

Agathe.

Es ist ein Dienst, der dahin abzielt, mich wenn es möglich ist, bey meinem Liebhaber zu rechtfertigen — Gieb ihm diesen Brief, ich bitte Dich, (sie giebt ihm einen Brief) ich habe ihn nur so auf gerathewohl geschrieben, und da ich eben damals, als ich damit beschäftiget war, Gelegenheit fand, zu entfliehen, so habe ich ihn nicht einmal zu Ende bringen können — Gieb ihn doch dem Richard — Habe doch Mitleiden mit mir — und bringe mich durch eine abschlägige Antwort nicht zur Verzweiflung.

Lucas

Lucas (weichmüthig, ohne daß er es ſich merken
laſſen will)

Nun ſo gieb mir denn den Brief her, was hilft das
heulen? ich will ihn beſtellen. Du hätteſt mich bald
weichherzig gemacht. Du muſt aber nicht denken,
daß ich dir deshalb glaube — Nein, wahrlich nicht.
Ich werde gewiß gegen Dich reden, ich ſage es Dir
zum voraus — Ich will nicht, daß unſer Freund
Richard, der nun bald mein Schwager ſeyn wird,
die Katze im Sack kaufen ſoll, verſteht Sie mich
Jungfer?

Agathe.

Geh nur hin, Du biſt derjenige nicht, dem ich meine Unſchuld zu beweiſen Willens bin; dieſes bin ich
nur meinem Liebhaber ſchuldig, und ſeinem Vater,
zu deren Füſſen ich mich werfen, und ihnen ſchwören
will, daß ich unſchuldig bin. Gieb mir nur gleich
Nachricht, wenn Richard angekommen ſeyn wird.

Lucas.

Ja, ja, ich will Dir Nachricht geben. Geh nur
hin; geh nur hin, Du haſt die Erlaubnis.

Vierter Auftritt.

Lucas, (allein indem er den Brief in die
Taſche ſteckt)

Wie die Weibsleute gleich weinen können! Wenn
ſie wollen; — und zumal wenn von ihrer Ehre die
Rede

Rede ist, o! da wissen die Mädgen Histörchen zu erdenken, Histörchen — die weder Anfang noch Ende haben — Und wir Mannsleute, wenn wir uns noch so lange gewehret haben, so lassen wir uns doch endlich übertölpeln; — Aber ich, ich bin so einfältig nicht (die Lampen werden nach und nach weggenommen. Und ausserdem hat die kleine Närrin gemacht, daß meine Hochzeit mit der Catau, die ich so herzlich lieb habe, so lange verschoben worden! — Ist das nicht um rasend zu werden! — Aber unser Freund Richard solte doch schon angekommen seyn, denn es fängt allmählig an Nacht zu werden. Aber, da kommt er ja.

Fünfter Auftritt.
Richard, Lucas.

Lucas (läuft ihm entgegen, und umarmt ihn)

Willkommen mein lieber Richard, komm laß dich umarmen! — noch einmal — zum Henker noch einmal. Ich fühle mich nicht vor lauter Freude, mein liebster Freund.

Richard.

Ach! mein lieber Lucas, jetzt habe ich Deine Freundschaft mehr als jemals nöthig; mein Unglück ist ohne Hülfe.

Lucas.

Lucas.

O, das habe ich mir schon lange vorgestellt. Was hat es denn aber vor eine Bewandnis damit?

Richard.

Du weißt, daß ich nach Paris gegangen bin, mich zu den Füßen unsers Monarchen zu werfen; aber der verdammte Marquis von Conchiny, der von meinem Vorhaben vermuthlich durch Spions, die mich, wie ich wohl gemerkt, allenthalben beobachtet, benachrichtiget worden seyn muß, hat mir sagen lassen, er wolle mich in Verhaft nehmen lassen, wenn ich noch einen Augenblick länger in Paris bliebe.

Lucas.

Der gottlose Mensch!

Richard.

Seine Drohungen sind aber doch eigentlich die Ursache nicht, warum ich so bald wieder zurück gekommen bin. Es ist ein Brief von der Agathe selbst, den ich kurz darauf erhalten. Die Ungetreue schreibt mir, sie liebe mich nicht mehr.

Lucas.

Sie hat Dir also schon geschrieben?

Richard. (sehr lebhaft)

Ja, sie hat mir geschrieben, sie liebte mich nicht mehr — Sie — Sie — Ach! ohne Zweifel hat
der

der nichtswürdige Verführer entweder durch Gewalt, oder durch List Mittel gefunden, sich ihre Liebe selbst zu erwerben — Vielleicht hat sie sich durch die schimmernde Hoheit dieses niederträchtigen fremden Herrn blenden lassen.

Lucas.

Wie! sie liebt ihn in der That?

Richard. (hitzig)

Ja, sie liebt ihn — und liebt mich nicht mehr — Meine Verzweiflung — Aber wozu nützt diese Heftigkeit der Leidenschaft, wodurch mein Unglück nur vergrössert wird. Ich will sie vergessen — Ich will sie in meinem Leben nicht wieder sehen.

Lucas.

O! da wirst Du wohl thun. Sie ist aber hier.

Richard. (sehr ungeduldig)

Sie ist hier? Hier ist sie?

Lucas.

Ja, sie ist kurz vor Dir hier angekommen. Sie hat mir von der Sache schon die Haut ganz voll gelogen; die kleine Betriegerin! — Und sie hat mir auch einen Brief an Dich gegeben, den ich hier habe, worin sie sich, wie sie sagt, bey Dir rechtfertigen will.

D 2   Richard.

Richard, (noch ungeduldiger)

Wie, Du haſt einen Brief von ihr, und zwar an mich? an mich? Gieb her, geſchwind gieb ihn her.

Lucas (zeigt ihm den Brief, ohne ihm ſelbigen zu geben)

Da, hier iſt er; aber weißt Du was? wir wollen ihn lieber zerreiſſen, ohne ihn zu leſen; es ſtehen nichts als Lügen darin.

Richard (der ihm den Brief aus der Hand reißt)

Gieb ihn nur her —— Was begehe ich aber vor eine Schwachheit! Du haſt Recht Lucas; ich ſolte ihn lieber nicht leſen. Meine größte Qual beſteht darin, daß ich noch immer fühle, daß ich die Agathe mehr als jemals liebe.

Lucas.

O! Du biſt noch ſehr verliebt! Aber lies doch einmal laut, daß ich auch höre, was ſie Gutes ſchreibt.

Richard. (lieſt den Brief, mit ſtotternder Stimme und mit beklemmtem Herzen)

Sehr gerne. (Er lieſt) Montags Morgends um ſechs Uhr. Glaubet kein Wort von allem dem, mein liebſter Richard, was ich Euch in dem abſcheulichen Brief, den Ihr vermuthlich erhalten habt, geſchrieben. Der

Kam:

Kammerdiener des Marquis von Conchiny, der schändliche Fabricio hat mich dazu gezwungen; Er sagte mir, daß Ihr in Paris wäret, und daß sein Herr erschrecklich mit Euch umgehen würde, wenn ich nicht an Euch schriebe. Er versprach mir zu gleicher Zeit, daß ich dafür zur Belohnung mehrere Freyheit genießen solte. Dieses Versprechen bewog mich endlich, diesen Brief zu schreiben; denn wenn man mir Wort.hält, so hoffe ich mir diese Freyheit dazu zu Nuß zu machen, daß ich mich heimlich von hier fortbegebe. Es soll mich keine Gefahr abschrecken; ich fürchte mich weniger vor dem Tod, als vor dem Gedanken, daß ich jemals aufhören solte, Eurer würdig zu seyn. Ich schreibe diesen Brief, ohne zu wissen, wie und auf was Art ich Euch solchen in die Hände bringen werde; Diese glückliche Gelegenheit erwarte ich von der Güte des Himmels, der meine Unschuld beschützen wird. Ich liebe Euch noch immer, und werde in Ewigkeit niemand anders lieben als — Aber ich sehe, daß die kleine Thür zum Garten offen steht — Mein Fenster ist nicht sehr hoch

von der Erde — Wenn ich die Bettücher
zuſammen bände, ſo könnte ich vielleicht —
Ich will es gleich verſuchen.

Ach Himmel, ſie wird ſich durch das Fenſter herunter
gelaſſen haben! Und wenn ſie ſich Schaden gethan
hätte, Lucas!

Lucas.

Was Schaden gethan! Ich habe ſie vor einem Augenblick erſt geſehen. Du biſt alſo ſo einfältig, alles
zu glauben, was in dem Brief ſtehet? das meynſt Du
wäre alles ſo die Wahrheit?

Richard.

Wie ſo? Was willſt Du damit ſagen?

Lucas.

Zum Henker! was iſt das vor ein geſcheutes Mädgen! Ein vortreflicher Brief! So ſchön geſchrieben!
Auf der einen Seite klingt das recht prächtig, und
auf der andern ſehe ich nichts als Untreue.

Richard.

Wie, Lucas! Du kanſt glauben, daß ſie mich hintergehe, daß ſie mich betriege, daß ſie die Untreue ſo
weit treibe, daß —

Lucas.

Ja, beym Henker! ich glaube es nur mehr als zu
viel. Der Marquis und ſie haben ganz ſicher den
Brief

Brief mit einander gemacht, um Dich dadurch hinters Licht zu führen.

Richard.

Nein, Lucas, sie ist nicht im Stande, eine so boshafte Betrügerey zu begehen; und Du selbst ——

Lucas (unterbricht ihn)

Und ich selbst —— ich sage Dir noch einmal, daß dieses gewis ein Streich von dem Marquis ist. Er mag sie jetzt nicht mehr, darum schickt er sie wieder in ihr Dorf zurück.

Richard.

Was! unverschämter Mensch! Du willst mit aller Gewalt behaupten, daß ein Mädgen, so wie die Agathe ——

Lucas.

Unverschämter Mensch! O! nur nicht geschimpft, mein Freund! Aber höre einmal; wenn ich Dir denn nun Recht gebe —— Wir wollen einmal den Fall setzen, sie sey unschuldig; —— wer wird es ihr denn glauben, da sie sich sechs ganzer Wochen in dem Hause dieses Herrn aufgehalten hat? Sie muß doch ihre Unschuld erst beweisen, ehe Du sie mit Ehren wieder annehmen kanst. Oder willst Du Dich, wenn Du sie jetzt gleich wieder siehest, ehe sie sich gerechtfertiget, in Gefahr setzen, daß sie Dich von neuem bezaubere, und Dich wohl gar verleite, sie zu heirathen? Dis würde gewis geschehen, und das wäre doch recht hübsch, nicht wahr?

Richard (traurig)

Es ist wahr, Du hast Recht, Lucas; ich darf mich der Gefahr nicht aussetzen, sie zu sehen; ich spüre es gar zu wohl, wie geneigt ich seyn würde, mich selbst zu hintergehen. Komm ich will mit zu Dir in Dein Haus gehen, mein lieber Freund, und mich einige Stunden daselbst aufhalten, damit ich mein Gemüth wieder ein wenig in Ruhe bringe. (die Lichter werden auf einmal alle weggenommen) Ich wollte wenigstens nicht gerne, daß mein Vater und unsere Familie, mir den Kummer, der mich quälet, sogleich bey dem ersten Anblick ansehen möchten.

Lucas.

Ja, Ja, komm Du mit mir in unser Haus. Es ist ausserdem schon stockfinster, und der Wald hier ist, wie du weißt, um diese Zeit nicht sicher. Es giebt hier so viele Räuber und Spitzbuben — Horch! horch! mich dünkt ich höre schon etwas dort im Gebüsche.

Richard (seufzend)

Ja, wir wollen gehen, mein Freund! Wenn wir in Deinem Hause sind, wollen wir von Deiner Hochzeit mit meiner Schwester Catau reden; und da aus der meinigen nun doch nichts wird, so will ich meinen Vater bitten, daß er die Deinige nicht länger aufschiebe. Es wäre unbillig, wenn Du durch mein Unglück auch mit leiden solltest; dies würde meine Betrübnis noch vermehren.

Sechs=

Sechster Auftritt.

Der Herzog von Bellegarde, der Marquis von Conchiny.

Der Marquis von Conchiny,
(der im Dunkeln hervor kömmt, und herum tapt)

Wir haben den Platz verfehlt, mein Herr von Bellegarde, wo wir die Pferde wechseln sollen; das ist
verdrießlich!

Der Herzog von Bellegarde.

Ja es ist wohl verdrießlich, mein lieber Conchiny,
zumal da unsere Pferde vor Müdigkeit fast nicht mehr
auf den Füssen stehen können.   Wie die Nacht so fin-
ster ist!

Der Marquis von Conchiny.

Man kan die Hand vor den Augen nicht sehen; ich
habe würklich Mühe Sie zu erkennen.   Der verdammte Hirsch muß uns sehr weit herumgeführet haben —

Der Herzog von Bellegarde.

Verteufelt weit! — Der verzweifelte Hirsch! Er hat
sich bey drey Stunden lang in dem Gehölze von Chailly
herumjagen lassen; endlich setzt er über den Fluß, und
nöthiget uns den ganzen Wald von Bougeant durch-
zustreichen, wo er sich wieder über zwey Stunden
aufhielt.   Zuletzt hat er uns hier fast mitten in den

D 5   Wald

Wald von Senart hineingesprengt, wo wir jetzt
sind —

Der Marquis von Conchiny (fällt ihm in die Rede)

Ohne zu wissen, wo wir eigentlich sind. Aber ich
höre ein Geräusch — es kommt jemand auf uns zu.

Siebenter Auftritt.

Der Herzog von Sülly, der Herzog von Belle=
garde, der Marquis von Conchiny.

Der Herzog von Sülly.

(der im Dunklen herum tapt, ergreift den Herzog von
Bellegarde am Arm)

Ach! Sire, solten Sie das seyn? Sind Sie es,
Sire?

Der Herzog von Bellegarde.

Das ist des Herrn von Rosny seine Stimme und
sein Herz; denn er denkt an sonst nichts als an sei=
nen König.

Der Herzog von Sülly.

Ja, ich bin es selbst — Ah! Sie sind es, Herzog
von Bellegarde! Sind Sie denn ganz allein hier?
Wissen Sie, wo der König ist? Ist jemand bey ihm?

Der

Der Herzog von Bellegarde.

Ich bin schon seit zwey Stunden von ihm abgekommen; Er war nicht mehr bey dem Haufen, als ich ihn vermißt habe. Ich vor mein Theil bin hier ganz allein mit dem Marquis von Conchiny.

Der Marquis von Conchiny.

Mit Ihrem ergebensten Diener, mein Herr von Sülly? Aber wo haben Sie denn Ihr Pferd gelaffen?

Der Herzog von Sülly.

Ich habe es einem armen Bedienten gegeben, der das Unglück gehabt, vor meinen Augen das Bein zu brechen. Aber sagt mir doch, Ihr Herren, in welcher Gegend vom Walde befinden wir uns denn?

Der Marquis von Conchiny.

Ey, wir haben uns hier verirret; das ist alles, was wir wissen.

Der Herzog von Bellegarde.

Das ist sehr angenehm — zumal vor einen verliebten Ritter, wie ich, der heute Abend einen der wichtigsten Liebeshändel glücklich zu Ende bringen solte — Aber unter uns gesagt, meine Herrn — Ohne eitel oder unbescheiden zu seyn. —

Der Herzog von Sülly.

Herr von Bellegarde, Sie haben ewig Ihre Possen im Kopf! Ich denke jetzt an den König. Vielleicht

ist

ift kein Menſch bey ihm; die Nacht ift ſehr finſter, und
wie leicht kan ihm ein Unglück begegnen!

　·　Der Marquis von Conchiny (gleichgültig)

Was vor ein Unglück ſoll ihm denn begegnen?

　　　Der Herzog von Sülly,　(lebhaft)

Wie, mein Herr! kan er nicht unter die Wildbiebe,
unter die Spitzbuben gerathen? Kan ihm nicht ſonſt,
wer weiß was, zuſtoſſen — (zornig) der König könn=
te uns warlich die Unruhen, die er uns verurſacht,
erſparen! Iſt es ihm denn nicht genug, daß er aus
hundert Gefahren, die zu einer andern Zeit vielleicht
unvermeiblich waren, glücklich entkommen iſt, und
muß er ſich denn jetzt ſo unnöthiger weiſe in Ge=
fahr begeben.

　　Der Herzog von Bellegarde (leichtſinnig)

Ey, ey, mein lieber Herr von Sülly, Sie ſtellen
ſich die Sache gar zu gefährlich vor. Ich habe den
König ſo lieb als Sie und —

　　　Der Marquis von Conchiny (gleichgültig)

Ich warlich auch. Aber das heißt ſich ohne Noth
Sorgen machen und —

　　Der Herzog von Sülly (unterbricht ihn plötzlich)

Groſſer GOtt! Meine Herren, wir lieben alſo den
König auf eine ſehr verſchiedene Art — Denn ich vor
mein

meinTheil, ich schwöre es Ihnen, daß ich noch jetzt seinet=
wegen äusserst besorgt bin. Ich fürchte alles, und
ich bin gar nicht so ruhig als Sie sind.

Achter Auftritt.

Ein Bauer, der eine Tracht Holz auf dem Rü=
cken hat. Der Herzog von Sülly, der Herzog
von Bellegarde, der Marquis von
Conchiny.

Der Bauer (singend)

Ich bin ein schlechter Bauersmann
Ich hacke Holz und singe —

Der Herzog von Sülly (hält den Bauer an)

Wer ist da? Wer bist Du?

Der Bauer

(wirft vor Schrecken sein Bündel Holz auf die Erde, und
fällt vor dem Herrn von Sülly auf die Knie)

Ach! Barmherzigkeit! Ihr Herren Spitzbuben; ach
laßt mich doch leben — O mein allerliebster Herr!
wenn Ihr der Anführer davon seyd, so befehlt doch
Euren Leuten, daß sie mir das Leben lassen — das
Leben — Mein Herr Capitain — das Leben! Da
sind vier Patards und drey Carolus, das ist alles
was ich bey der Seele habe.

Der

Der Marquis von Conchiny.

Sie, Anführer von den Spitzbuben, mein Herr Oberintendant! das iſt doch anzüglich; in Wahrheit ſehr anzüglich.

Der Herzog von Sülly.

O! mein Herr Marquis! dieſer Scherz iſt zu einer ſehr ungelegenen Zeit und ſehr übel angebracht.

Der Herzog von Bellegarde (zu dem Bauren)

Steh auf, mein guter Mann, ſteh auf; wir ſind keine Spitzbuben, ſondern wir ſind Jäger, die ſich verirret haben; thue uns den Gefallen, und führe uns in das nächſte Dorf.

Der Bauer.

Eh, meine Herren, Ihr ſeyd keinen Büchſenſchuß weit von Lieurſain.

Der Herzog von Sülly.

Von Lieurſain ſagſt Du?

Der Bauer.

Ja, mein Herr, wenn Ihr dahin wolt, dürft Ihr mir nur folgen.

Der Herzog von Bellegarde.

Es iſt gut vor uns, daß es ſo nahe iſt; denn wir können vor Müdigkeit faſt nicht mehr fort.

Der

Der Marquis von Conchiny.

Und mit dem Magen sieht es auch nicht zum besten aus. Sage mir, mein Freund werden wir wohl dort etwas zu essen finden?

Der Bauer.

O ja! ich will Euch zu dem Forstaufseher von dieser Gegend führen; da findet ihr Caninchen hundert weise: Denn die Leute da, die fressen die Caninchen, und die Caninchen fressen uns.

Der Herzog von Sülly (giebt dem Bauren Geld)

Da hier, mein Freund, habt Ihr etwas; zeiget uns den Weg.

Der Herzog von Bellegarde (giebt ihm auch)
Da, Du armer Schelm.

Der Marquis von Conchiny (der ihm gleichfalls etwas giebt)
Da ist noch etwas. Nun? glaubst Du jetzt noch, daß wir Spitzbuben sind.

Der Bauer.

Nichtsweniger, meine Herren! ich bedanke mich zum allerschönsten. Folget mir nur nach — Ihr müßt mir es eben nicht übel nehmen, daß ich Euch vor Spitzbuben gehalten; dieser Wald hier ist ganz voll davon;

davon; denn ſeit den innerlichen Unruhen haben ſich viele Misvergnügte auf dieſes Handwerk gelegt.

Der Herzog von Sülly.

Fort! fort! zeige uns den Weg, und gehe Du voran.

Der Bauer.

Kommt nur! kommt nur! Hier den kleinen Fußſteig, Hieher! Hieher!

Der Herzog von Sülly,

(der die andern beyde Herren vorangehen läßt, ſagt während dem Fortgehen)

Ich bin noch immer wegen der Perſon des Königs in Unruhe; der Gedanke will mir gar nicht aus dem Kopf. (Er folgt zulezt auch nach)

Neunter Auftritt.

Heinrich der Vierte, (der im Finſtern herum tapt.)

Wo gehe ich hin? — Wo bin ich? — Wo werde ich nur endlich hinkommen? Ventreſaintgris! Ich tappe hier ſchon zwey Stunden herum, und kan keinen Ausgang aus dem Walde finden. Ich muß ein wenig ſtehen bleiben — und ſehen. — zum Henker! ich ſehe — daß ich nichts ſehe; es iſt erſchrecklich finſter! (Er fühlt mit der Spitze des Fußes) Das iſt hier kein ordentlicher Weg; hier geht keine Straſſe, ich bin

bin mitten im Walde. Was ist zu machen, ich habe mich förmlich verirret; es ist meine eigene Schuld; ich hätte mich nicht so weit von meinem Gefolge entfernen sollen, und man wird jetzt meinetwegen sehr in Sorgen seyn, das ist mir noch am verdrieslichsten bey der ganzen Sache; denn am Ende ist es eben kein so grosses Unglück, daß ich mich verirret habe. Ich muß mich denn doch zu etwas entschliessen — ich will, denke ich, ein wenig ausruhen. Denn ich bin herzlich müde. — Ich kan nicht mehr. (Er setzt sich neben einen Baum nieder) O! der Platz hier ist so unangenehm nicht; Hier werde ich eben die Nacht so übel nicht hinbringen. Das Lager ist noch so ziemlich; o! ich habe wohl eher noch schlechter gelegen. — (Er legt sich nieder, setzt sich aber sogleich wieder in die Höhe) Wenn der arme Teufel, der Herzog von Sülly, der nur aus blosser Gefälligkeit für mich mit auf die Jagd gegangen, und den ich heute recht dazu gezwungen habe, sich unglücklicher Weise auch verirret hätte; das wäre ein Unglück für mich! — das wäre ein Unglück! — Und wenn ich gar die Nacht über hier im Walde bleiben müßte, so wäre es noch ärger. Der würde mir eine Predigt halten — der würde mir eine Predigt halten — da könnte ich mich nur im Voraus darauf gefaßt machen! — Es ist mir, als ob ich ihn schon sehe, wie er mit seiner ernsthaften Miene vor mir steht, und sagt: Um des Himmels willen, Sire, Sie haben gut lachen, ich sehe nichts lächerliches dabey, daß Sie alle Ihre Leute fast vor

Unruhe und Sorgen sterben lassen. — Wenn ich indessen ein wenig ruhen und einige Stunden schlafen könnte, so würde ich mich doch ein wenig erhohlen. Ich will einmal versuchen —

(Er scheint einen Augenblick zu ruhen; es geschiehet ein Flintenschuß, wovon er erwacht. Er steht auf und legt die Hand an den Degen)

Hier sind Spitzbuben; ich muß auf meiner Huth seyn.

Zehnter Auftritt.

Zwey Wilddiebe, Heinrich der Vierte.

Der erste Wilddieb (kommt hervor, eben da sein Camerad schießt)

Weißt Du gewiß, daß Du getroffen hast?

Der zweyte Wilddieb.

Ja, es ist eine Hirschkuh; es ist mir, als ob ich sie hätte fallen hören.

Der König (der bis hinten ans Theater zurück geht)

Das sind Wilddiebe; ich höre es an ihrem Gespräch.

Der erste Wilddieb.

Sagst Du nicht, Du hättest sie?

Der zweyte Wilddieb.

Du träumst; ich habe kein Wort gesagt.

Der

Der erste Wilddieb.

Wenn Du nichts gesagt hast, so muß hier jemand seyn, der auf uns lauert; ich bleibe nicht länger hier.

Der zweyte Wilddieb.

Wenn es so ist, so mache ich mich auch davon.

Der König (der ihnen zuruft)

Ihr Herren! Ihr Herren! — Jetzt ist es gut! Die sind schon sehr weit — die hätten mir hier heraus helfen können; jetzt bin ich wieder eben so weit, als ich vorhin war.

Eilfter Auftritt.

Der König, Michau, (der zwey Pistolen im Gürtel und eine Blendlaterne in der Hand hat.)

Michau (indem er den König bey dem Arm faßt)

Ha ha! Hab ich den Schelm, der dem König die Hirsche todt schießt! Wer seyd Ihr? Geschwind! redet: Wer seyd Ihr?

Der König (unentschlossen, was er sagen will)

Ich bin, ich bin — bey Seite, indem er den Oberrock zuknöpft, um das blaue Ordens = Band zu verbergen) Ich muß mich nicht zu erkennen geben.

Michau.

Geſchwind! Ihr Dieb, antwortet, wer ſeyd Ihr?

Der König (lachend)

Mein Freund, ich bin kein Dieb,

Michau.

Ha! Ihr müßt doch nicht viel beſſer ſeyn, denn Ihr gebt keine deutliche Antwort. Wer war denn das, der eben jetzt geſchoſſen hat?

Der König.

Ich war es nicht, ich ſchwöre es Euch.

Michau.

Ihr lüget, Ihr lüget!

Der König.

Ich ſollte lügen, ich ſollte lügen? — (bey Seite) Es kommt mir ganz fremde vor, daß man mit mir in einem ſolchen Ton redet. (laut) Ich lüge nicht; aber —

Michau.

Aber — Aber — Aber ich bin nicht verbunden Euch zu glauben. Wie iſt Euer Nahme? Wie heißt Ihr?

Der König.

Mein Nahme? — Mein Nahme?

Michau.

Michau.

Ja, ja, Euer Nahme. Habt Ihr etwa keinen Nahmen? Was habt Ihr hier zu thun?

Der König (bey Seite.)

Der hat es sehr eilig. (laut) Aber das sind solche Fragen — solche Fragen —

Michau (der ihm ins Wort fällt)

Die Euch in Verlegenheit setzen, das merke ich wohl; nicht wahr? Wenn Ihr ein ehrlicher Kerl wäret, so würdet Ihr nicht so viele Umstände machen, und eine ordentliche Antwort geben. Aber das ist eben die Sache, daß Ihr es nicht seyd — und darum müßt Ihr mit mir fort zu dem Forstaufseher von dieser Gegend.

Der König.

Ich müßte mit Euch fort? Ey, wer giebt Euch denn das Recht und die Gewalt, dies von mir zu fordern?

Michau.

Wer mir das Recht giebt? Ah! das Recht maßen wir uns alle an; alle wir Bauren, die wir hier wohnen, wir halten uns für berechtiget, die Jagd hier sicher zu halten, weil wir wissen, daß unser Herr Vergnügen daran hat — das geschieht, seht Ihr, aus Neigung und Freundschaft für unsern gnädigsten König, daß alle Einwohner hier in dieser Gegend Forstaufseher sind, ohne daß sie dafür bezahlt werden. Wißt Ihr es jetzt?

E 3　　　　Der

Der König (bey Seite, mit einem weichmüthigen
Ton)

Dis ſagt man mir ſelbſt! Warlich, das iſt ein Vergnügen, das ich bisher noch nicht gekannt habe!

Michau.

Was murmelt Ihr da zwiſchen den Zähnen her?
Fort! fort! Ihr müßt mit mir.

Der König   (ſcherzhaft.)

Ja, ja, ich will mitgehen; Aber hört mich nur einen Augenblick an; wollt Ihr mir wohl den Gefallen
thun?

Michau   (auch ſcherzhaft)

Das iſt mehr, als Ihr verdient, glaube ich. Aber
laßt doch einmal hören, was Ihr zu Eurer Rechtfertigung zu ſagen habt.

Der König (noch immer ſcherzhaft)

Ich will Euch nur ganz gehorſamſt anzeigen, mein
Herr, daß ich die Ehre habe, dem König anzugehö-
ren; und ob ich gleich einer der geringſten Diener
von Ihro Majeſtät bin, ſo würde ich es doch eben ſo
wenig als Ihr zugeben, daß man ihm auf irgend
eine Art zu nahe thäte. Ich bin mit dem König auf
der Jagd geweſen; der Hirſch hat uns von Fontainebleau bis hieher geführet; ich habe mich endlich
von der übrigen Geſellſchaft verlohren, und —

Mi-

Michau (der ihm in die Rede fällt)

Der Hirsch sollte Euch von Fontainebleau, bis nach Lieursain führen? das ist nicht wahrscheinlich.

Der König.

Ha ha! ich bin bey Lieursain.

Michau.

Das könnte doch wohl seyn, aber warum seyd Ihr denn nicht bey unserem theuresten König geblieben? Warum laßt Ihr ihn allein auf der Jagd? das ist sehr schlecht von Euch.

Der König.

Ach! mein Sohn, mein Pferd ist mir vor Müdigkeit umgefallen.

Michau.

Ey, so hättet Ihr ihm zu Fuß folgen sollen; zum Henker! Wenn ihm jetzt etwas übels begegnet, so müßt Ihr mir schon dafür stehen. Aber, hört, ich kan Euch das nicht glauben — Kommt, sagt mir einmal, redet Ihr die Wahrheit?

Der König.

Im Ernst, ich versichere es Euch noch einmal, daß ich nicht lüge.

Michau.

Was vor verzweifelte Histörchen! der lebt bey Hofe, und sagt, er lüge nicht. Das ist schon gelogen!

E 4   Der

Der König.

Nun gut denn, weil Ihr so unglaubig seyd, so nehmt mich nur mit in Euer Haus, da will ich Euch überzeugen, daß ich die Wahrheit rede. Seht, da habt Ihr ein Goldstück; das ist nur um den Anfang zu machen; morgen will ich Euch mein Nachtlager besser bezahlen, als Ihr es vermuthet.

Michau.

O! jetzt sehe ich, daß Ihr die Wahrheit redet; Ihr seyd gewis von Hofe. Ihr gebt mir heut eine Kleinigkeit, und thut mir auf morgen grosse Versprechungen, die Ihr nicht halten werdet.

Der König (bey Seite)
Er ist nicht dumm.

Michau.

Aber hört, ich muß Euch sagen, daß ich kein Hofmann bin. Ich heisse Michel Richard, oder man nennt mich vielmehr schlechtweg Michau, welches ich lieber höre, weil es kürzer ist. Ich bin meiner Profeßion ein Müller; ich habe Euer Geld nicht nöthig; ich bin selbst reich genug.

Der König.

Du scheinst mir ein lustiger Bruder zu seyn; und ich werde mir ein Vergnügen daraus machen, näher mit Dir bekannt zu werden.

Mi=

Michau, (der ein finsteres Gesicht macht)

Du scheinst mir — mit Dir — Ihr macht Euch sehr gemein — Ich bilde mir vielleicht so viel ein als Ihr, versteht mich der Herr — Ihr müßt mir mit Eurem Du wegbleiben; das kan ich nicht leiden.

Der König (scherzend)

O! um Verzeihung, mein Herr! um Verzeihung!

Michau (fällt ihm in die Rede)

Ey, es ist nicht darum; ich bin eben nicht hoch‐müthig; aber ich mache mich nicht gerne mit den Leu‐ten gemein, seht Ihr, ehe ich sie kenne, und ehe ich weiß, ob sie es auch verdienen.

Der König (gütig.)

Ich liebe Euch deshalb, Herr Michau! ich will Euer Freund werden, und ich hoffe, wir werden uns auch noch einmal dutzen.

Michau, (klopft den König auf die Achseln)

O! wenn ich Euch einmal besser kenne, denn ist es etwas anders.

Der König (lächelnd)

Ja freylich ganz etwas anders — Aber thut mir nur den Gefallen, und macht, daß ich jetzt hier aus dem Wald weg komme.

E 5 Michau,

Michau.

Sehr gerne; und weil Ihr ein ehrlicher braver Mensch seyd, so solt Ihr auch sehen, daß Ihr es mit einem guten Mann zu thun habt. Kommt nur mit mir; Ihr solt meine Frau Margot kennen lernen, die eben so häßlich noch nicht ist; und meine Tochter Cas tau, ein hübsches, junges Mädgen!

Der König.

Was? Eure Tochter Catau ist schön? Sie ist schön, sagt Ihr?

Michau.

Der Henker! wie Ihr gleich so hitzig seyd! Ihr scheint mir ein lustiger Gesell zu seyn.

Der König.

O! ja; ich habe eben alles gern, was schön ist, alles was schön ist.

Michau.

Ja, ja, man wird sich vor Euch wohl hüten! Aber Scherz bey Seite; kommt Ihr derweilen nur mit, und eßt mit mir zu Nacht. Mein Sohn kommt diesen Abend nach Hause; ich habe eine Kalbsbrust in einer Brühe, eine Spänsau und einen Hasenpfeffer.

Der König (aufgeräumt)

Ihr könnt mir doch auch ein Bett geben? Aber ohne der Jungfer Catau das ihrige zu nehmen.

Michau.

O! ich will Euch ein Bett geben, das oben auf
dem Speicher steht, und das weit genug von der Cas
tau ihrer Kammer ist. Und das nicht ohne Ursache.
Wenn mein Sohn nicht nach Hause gekommen wäre,
so hätte ich Euch dessen Bett geben können; aber
seht Ihr, ich möchte doch lieber meinem Kinde das
beste Bett geben.

Der König (noch immer aufgeräumt)

Das ist nicht mehr als billig; es würde mir leid
seyn, wenn ich ihn verdrängen solte; da habt Ihr
Recht; das ist ein Zeichen, daß Ihr ein guter Vater
seyd.

Michau.

Es ist nur darum, seht Ihr, er wird müde seyn.
Kommt, laßt uns nur gehen. Habt Ihr Hunger?

Der König.

O! einen entsetzlichen Hunger!

Michau.

Und auch Durst darzu, nicht wahr?

Der König.

Durst wie ein Jäger; das ist genug gesagt.

Michau.

Desto besser. Der Henker! Ihr seht mir recht aus
als ein lustiger Bruder! Trinkt Ihr auch rein aus?

Der

Der König

O ja! ſo ziemlich, ſo ziemlich.

Michau.

Das iſt gut; Ihr ſeyd mein Mann. Folgt mir nur; ich merke, wenn wir erſt am Tiſche ſitzen, ſo werden wir uns bald dutzen. Ich will Euch einen Wein zu trinken geben, den ich ſelbſt mache; er iſt koſtbar; man könnte ihn dem König vorſetzen. Laßt mich nur machen; wir wollen uns etwas dabey zu gute thun.

Der König.

Ventreſaintgris, das iſt es juſt was mir fehlt.

Michau.

O! jetzt höre ich erſt, daß Ihr nicht gelogen habt, und daß Ihr bey unſerm König in Dienſten ſeyd, denn Ihr habt eben jetzt ſeinen Leib-Schwur geſagt.

Der König

(bey Seite, indem er mit dem Michau fortgeht)

Ich muß mich nicht zu erkennen geben; es ſcheint mir luſtig zu ſeyn, wenn man ſo unerkannt mit den Leuten umgehet.

Ende des zweyten Aufzugs.

Drit=

Dritter Aufzug.

Das Theater stellet das Innwendige des Müller-
hauses vor. Hinten erblickt man eine höl-
zerne Tafel, fünf Fuß lang und drey Fuß
breit, welche gedeckt ist. Das Tischtuch und
die Servietten sind von grobem ungebleichtem
Tuch; auf jeder Ecke steht eine zinnerne Kanne; die Teller sind von gemeiner Erde. Anstatt der Gläser, silberne Becher, die Gabeln
sind von Stahl. Nach vornen zu stehen
zwey Bänke; neben der einen steht ein Spin-
rad und neben der andern ein Sack mit
Korn, worauf der Nahme Michau gezeich-
net ist.

Erster Auftritt.
Margot, Catau, (die hinter ihrer Mutter
hergeht.)

Margot.

Siehe wohl zu, Catau! siehe zu, meine Tochter!
ob nichts auf dem Tische fehlt; ob Du alles
herein gebracht hast, was darauf gehört? Dein Vater

ter Michau wird bald aus dem Walde wieder zurück-
kommen.

Catau, (betrachtet den Tiſch)

Nein, liebe Mutter, es fehlt nichts; es iſt alles
in Ordnung; mein Vater wird alles bereit finden.

Margot (betrachtet ſelbſt den Tiſch)

Ja, ja, ſo iſt es recht, mein Kind. Ich habe das
Eſſen vom Feuer gerückt, und auf heiſſe Aſche geſtellt;
wir haben alſo weiter nichts dabey zu thun, und wollen uns an unſere Arbeit ſetzen, denn man muß keinen Augenblick müßig ſeyn.

Catau (ſetzt ſich zur Arbeit hin, ſo wie ihre Mutter)
Ihr habt Recht, liebe Mutter.

Margot.

Müßiggang iſt aller Laſter Anfang; wenn die Agathe bey der gnädigen Frau, wo ſie auf, erzogen worden iſt, nicht von Jugend auf des Müßiggangs ſo
gewohnt worden wäre, ſo würde ſie ſich von dem hüb-
ſchen Marquis nicht haben verführen laſſen; ſie würde nicht als eine ſchlechte Creatur mit ihm fortgelau-
fen ſeyn, wenn ſie ſich hätte wiſſen etwas zu thun zu
machen, ſo wie wir, meine Tochter.

Catau.

Hört, liebe Mutter, mein Bruder kommt heut Abend
nach Hauſe, und ich will wetten, daß er uns die

Nachricht bringen wird, daß die Agathe an allem dem unschuldig ist. O! ich wollte darauf wetten, denn ich habe sie immer für ein kluges Mädgen gehalten.

Margot.

Ja, klug, ich bin Dir gut dafür! das ist mir eine schöne Klugheit! Wir wollen aber gar nicht mehr davon reden; es ist eine gar zu garstige Historie.

Catau.

Nun ja, liebe Mutter, erzählt mir doch andere Historchen. Erzählt mir etliche Gespenster-Historchen — das ist doch wunderbar, ich möchte um alles Geld in der Welt kein Gespenst sehen, und doch höre ich so gar zu gerne die Gespenster-Historchen. Nun, liebe Mutter, erzählt mir eins.

Margot.

Von Herzen gerne, Catau! wenn Du es gerne hörest. Aber das ist doch gewiß wahr, meine Tochter! Dein Vater Michau hat das Gespenst selbst gesehen.

Catau.

Mein Vater hat es gesehen? Er hat es gesehen?

Margot.

Ja, Dein Vater; das sind keine Lügen, das, weil er es selbst mit Augen gesehen — Ich war noch nicht lange mit ihm verheirathet, als sein Vater starb; und auf einmal als der Michau sich ins Bett gelegt

und

und ſein Licht ausgelöſcht hatte, hörte er das Geſpenſt ankommen. Es glitſchte längſt dem Camin herunter — darauf kam es in die Kammer, und hatte große, große Ketten hinter ſich herſchleppen, Trela — Trela — Trela.

Catau (ganz erſchrocken und zitternd)

Große Ketten? — ach! das Herz klopft mir! — Große Ketten?

Margot.

Ja, mein Kind! große Ketten, die einen ſchrecklichen Lerm machten — und hernach ward es noch ärger; das Geſpenſt gieng gerade auf das Bett zu, und zog die Vorhänge auf; krif, kraf — krif, kraf.

Catau (die noch ſtärker zittert)

Ach! mein GOtt! mein GOtt! wie wäre es mir da ſo angſt geweſen! Aber wie ſehen ſie denn aus die Geſpenſter? Was vor eine Farbe haben ſie? Ihr müßt es doch wiſſen, weil mein Vater eins geſehen hat?

Margot.

O! er hat dem Geſpenſt nicht ins Geſicht geſehen; Dein Vater hat ſich gefürchtet es zu ſehen, und hat den Kopf brav unter das Deckbett verſteckt — Aber er hat doch ganz deutlich gehöret, daß das Geſpenſt zu ihm geſagt hat: Gieb dem Herrn Pfarrer ſechs Garben Korn; Dein Vater hat ihn einmal bey dem

Zehen

Zehenden um so viel betrogen; und wenn Du es nicht thust, so komme ich morgen, und zupfe Dich an die Füsse.

Catau.

Ach! das Blut erstarrt mir in allen Adern! Hat sich mein Vater nicht recht gefürchtet? (Man klopft an der Thür) Um des Himmels willen, das wird gewis ein Gespenst seyn!

Margot (die auch zittert)

Nein, nein, es klopft jemand an der Thür; gehe hin und mache auf, Catau.

Catau (halbtodt vor Schrecken)

Ach, liebste Mutter! ich traue mich nicht. — Geht Ihr hin, und macht auf, Ihr habt doch mehr Herz als ich.

Margot.

Nun, was ist es denn, wir wollen alle beyde zugleich hingehen.

Catau.

Aber Ihr müßt auch nicht so ängstlich reden, sonst fürchte ich mich noch mehr.

Margot.

Nein, nein, meine Tochter! ich will nicht — wenn ich nur kann. (Man klopft noch ärger) Wer ist da? Wer ist da? —

Richard (vor der Thür)

Ich bin es, macht auf.

F   Ca=

Catau (die an ihrem ganzen Leibe zittert)

Ach! liebe Mutter! die Stimme iſt recht wie meines Bruder Richard ſeine! — Er wird todt ſeyn, und das iſt ſein Geiſt.

Margot (die wieder ein wenig Herz gewinnt)

Da wolle GOtt vor ſeyn! Ich glaube aber faſt, daß er es ſelbſt iſt. (Man klopft noch einmal)

Richard (drauſſen)

Macht doch auf! Ey, ſo macht doch auf!

Margot (läuft die Thür aufzumachen.)

O! er iſt es; ich will ihm gleich aufmachen.

Zweyter Auftritt.

Richard, Margot, Catau.

Richard (der ſeine Mutter umarmt)

Wie befindet Ihr Euch, meine liebe Mutter?

Margot.
Recht wohl, mein liebes Kind!

Richard (umarmt die Catau)
Und Ihr, Schweſter?

Catau.
Unvergleichlich, mein liebes Brüdergen.

Richard. (zu seiner Mutter)

Ich habe geglaubt, Ihr würdet mir die Thür gar nicht aufmachen.

Margot.

Ey freylich doch, mein Sohn; Deine Schwester die hat nur so eine närrische Furcht gehabt —

Catau, (fällt ihr in die Rede)

Ja wohl, meine Mutter hat sich gefürchtet — Aber was hast Du denn ausgerichtet Richard? Hast Du den König gesehen?

Margot.

Ist er ein hübscher Herr? Er muß wohl recht schön seyn, denn er ist ja so gut!

Richard.

Ach! ich habe ihn leider nicht zu sehen bekommen; ich will Euch hernach alles erzählen; aber sagt mir nur zuvor, wo ist mein Vater?

Margot.

Er hat einen Schuß gehöret, und darauf ist er hinaus gegangen zu sehen, wer geschossen hat.

Richard.

Lassen Euch die Wilddiebe noch nicht in Ruhe?

Margot.

O! das ist ein Ungeziefer, das man nicht ausrotten kan.

F 2   Richar-

Michau (klopft draußen an die Thür)

Holla he! Holla he! Margot, Catau, Licht! Licht!

Margot (geht und öfnet die Thür)

Haha! da kommt ja Dein Vater schon.

Dritter Auftritt.

Margot, Catau, Richard, Michau, Heinrich der Vierte.

Margot.

Nun wie ists? Hast Du den Schelm, der vorhin geschoffen hat, gefangen?

Michau.

Nein, Margot. Ich habe niemand gefunden als hier den fremden Herrn, der mit uns zu Nacht essen soll, und dem Du ein Bett zurecht machen mußt.

Margot.

O! ich habe noch wohl einen andern fremden Herrn hier, der mir lieber ist: Siehe da ist unser Richard.

Michau (stößt den König ziemlich hart bey Seite)

Unser Sohn ist wieder gekommen? Ey, da ist er ja, das liebe Kind!

Der König (bey Seite und lachend)

Er hätte mich nicht viel härter stoßen dürfen, so wäre ich umgefallen.

Michau.

Michau.

O! wie bin ich so vergnügt, daß ich Dich wieder sehe! Nun wie geht es Dir denn mein Sohn?

Richard.

Recht wohl, mein lieber Vater, und ich bin über Euren gütigen Empfang recht von Herzen erfreut.

Der König (bey Seite)

Was für eine wahre Freude?

Michau (zu dem König)

Ihr müßt es mir verzeihen, mein Herr! ich bin so sehr erfreut, daß ich den Richard wieder sehe, o! ich bin so erfreut darüber. (Er kehrt dem König den Rücken) Es ist nun fast über einen Monat, daß ich Dich nicht gesehen habe, es muß über einen Monat seyn.

Margot.

Mich deucht, Du bist ein wenig mager geword

Catau.

Ja es deucht mich auch so; Du siehst ein wenig bleich aus.

Richard.

Ich befinde mich doch ganz wohl, meine liebe Mutter! es fehlt mir nichts Catau

Michau (setzt sich, um sich seine Stiefelletten ausziehen zu lassen)

Desto besser, mein lieber Sohn! Aber kommt her Kinder, und helft mir ein wenig; das Bücken wird mir ſauer — Und Du mein Sohn, ſage mir doch — Hör hier her. (Er redet mit Margot, Catau und Richard leiſe, die ihm zu antworten ſcheinen, und er hebt den Kopf nicht eher wieder in die Höhe, als bis der König, der bey Seite redet, aufgehört.)

Der König.
(bey Seite, während der Zeit die übrigen unter ſich mit: einander reden)

Was für ein Vergnügen! Ich werde alſo noch ein: mal die Freude haben, mir als einem gemeinen Men: ſchen begegnen zu laſſen — — die Natur ohne Schmuck und Verſtellung zu ſehen! Das iſt unver: gleichlich! Sie geben nicht einmal Acht auf mich.

Michau (ſcheint das Geſpräch mit ſeiner Frau und Kindern zu endigen, und ſagt laut)

Aber ſage mir doch, Richard, warum biſt Du denn bald wiedergekommen? Biſt Du in Deiner Verrich: tung glücklich geweſen? Haſt Du den König geſpro: chen?

Richard.
Nein; ich habe ihn nicht geſprochen; ich habe ihn nicht einmal können zu ſehen bekommen, welches mir doch ein groſſes Vergnügen geweſen ſeyn würde, denn ich habe ihn noch niemals geſehen, ſo wenig als Ihr alle — Was mich aber daran gehindert hat, das iſt — Ich will Euch dis alles umſtändlich erzählen, wann wir allein ſeyn werden.

Michau.

Michau.

Du haft Recht; wir wollen davon fprechen, wenn wir allein find — Aber jetzt laßt uns einmal von der Jagd reden, die von Fontainebleau bis hieher gekommen ift. Der Herr da ift, wie er fagt, einer von den untern Bedienten des Königs; er war mit auf der Jagd, und hat fich verirret; da habe ich ihn im Walde angetroffen, und mit hieher genommen.

Richard.

Da habt Ihr recht wohl gethan, Herr Vater, und wir wollen diefen Herrn aufs befte bewirthen.

Der König.

In Wahrheit, Ihr Herren, ich erkenne die höfliche Art, mit welcher Ihr mich aufnehmet, mit vielem Dank. (bey Seite) Die Bauern find bey meiner Ehre, recht gute Leute.

Michau.

Nun Ihr Kinder, Margot und Catau, macht, daß wir etwas zu effen bekommen.

Margot.

Ihr müßt noch ein Viertelftündgen Gedult haben, mein lieber Mann. (Sie geht ab)

Catau.

Der Tifch ift fchon gedeckt, wie Ihr feht; Jetzt will ich nur noch einen Teller vor den Herrn hohlen.

(zu dem König, woben sie sich verbeugt) Hat der Herr ein Messer bey sich?

Der König.
Nein, schönes Kind, ich habe keines.

Catau.
So will ich Euch denn das Küchenmesser holen.

Vierter Auftritt.
Der König, Michau, Richard.

Der König.
Ihr habt wohl Recht gehabt, Vater Michau, die Jungfer Catau ist so schön wie ein Engel.

Michau.
O! ich darf es wohl ohne mich zu rühmen sagen, daß ich lauter schöne Kinder gehabt. Aber, Catau, Heda! Ich habe vergessen —

Fünfter Auftritt.
Catau, der König, Michau, Richard.

Catau.
Was beliebt Euch, lieber Vater?

Michau.
Potztausend meine Tochter! ich habe nicht daran gedacht. Schwenke einen Becher, und bringe dem Herrn

Herrn einen Trank Aepfelwein; er kan inzwischen biß das Abendessen fertig ist, einmal trinken; er wird durstig seyn.

Der König.

Ihr kommt mir mit Höflichkeit zuvor; ich war eben im Begriff Euch darum anzusprechen.

Catau, (zum König)

Gleich den Augenblick sollt Ihr haben, mein Herr.

Der König (greift ihr mit der Hand ans Kinn)

Aber von Eurer Hand, mein schönes Kind, da wird es noch einmal so gut schmecken.

Sechster Auftritt.

Der König, Michau, Richard.

Michau (zu dem König)

Wenn man auf der Jagd gewesen ist, so hat man Durst, das weiß ich. (zum Richard) Nun erzähle uns doch mein Sohn, was hast Du denn Schönes in Paris gesehen?

Richard.

Als ich in Paris ankam, war noch alles voller Freuden über die Genesung unsers vielgeliebten Königes, ohnerachtet er schon über einen Monat wieder beßer ist.

Michau.

So ist es in ganz Frankreich gewesen, mein lieber
Sohn. Der Herr von unserm Dorfe hat wohl Recht
gehabt, als er sagte, daß man erst alsdann, wenn
der König krank ist, sehen könne, wie lieb ihn seine
Unterthanen haben.

Der König (bey Seite)

Welch ein entzückendes Vergnügen!

Richard.

Ja, mein lieber Vater! Ganz Paris war glücklich,
ich aber war es leider nicht.

Der König. (sehr lebhaft)

Ihr waret es nicht, Richard? Und warum denn
Ihr nicht? Was ist die Ursache davon? Welche Ver-
drießlichkeit hat Euch genöthiget, Euer Dorf zu verlassen, und nach Paris zu gehen?

Michau.

O! das ist eine andere Frage, die Euch Richard
eben nicht beantworten wird. Versteht Ihr mich?

Der König.

Wenn es so ist, so habe ich Unrecht; verzeihet mir
meine Neugier.

Michau.

O! es hat nichts zu sagen.

Sie=

Siebenter Auftritt.

Der König, Michau, Richard, Catau (die
den Wein bringt.)

Michau.

Nun, schenke dem Herrn einmal ein, Catau, er wird
Dir auf Deinen Hochzeitstag wieder einschenken.
(zum König) Ich habe Euch mit Fleiß Aepfelwein geben lassen, denn der kühlt besser. Trinkt nur das einmal aus, Mann! (er klopft ihn auf die Achsel)

Der König.

Auf Eure Gesundheit, Herr Michau! desgleichen
Herr Richard; und auch auf Eure Gesundheit, und
um mich für Eure Höflichkeit zu bedanken, schöne
Catau.

Michau.

Der Henker! ich habe etwas vergessen, Richard,
wir müssen noch vor dem Nachtessen einige Säcke mit
Mehl, die in dem Hof stehen, herein tragen. Sie
dürfen die Nacht über nicht unter freyem Himmel stehen bleiben. — Mit Eurer Erlaubnis, mein Herr!
Du, Catau, bleib Du bey unserem Gast, und leiste
ihm inzwischen Gesellschaft.

Catau (läuft ihrem Vater nach)

Ihr habt meiner also nicht vonnöthen, lieber Vater?

Michau.

Nein, meine Tochter, bleib Du da.

Achter

Achter Auftritt.

Der König, Catau.

Der König (bey Seite, ganz vornen am Theater)

Die kleine Catau iſt wahrhaftig recht artig — recht
artig — Wenn ſie wüßte, wer ich bin — Nein, nein;
weg mit dieſem Gedanken; das hieſſe die Rechte der
Gaſtfreyheit verletzen.

Catau.

Was ſteht Ihr denn da in einem Winkel, mein
Herr? Warum ſetzt Ihr Euch nicht? Ich will Euch
einen Schemel hohlen.

Der König (hält ſie bey der Hand)

Bleibt, mein ſchönes Kind! ich werde es nicht zugeben, daß Ihr Euch dieſe Mühe macht.

Catau.

O ja, das iſt mir eine rechte Mühe! Meynt Ihr
etwa, ich wäre auch ſo eine Pariſiſche Poppe? —
Aber laßt mich doch gehen; laßt mir doch die Hand los!

Der König.
(der ſie noch immer bey der Hand hält, und ihr ſelbige
ſtreichelt)

Eure Hand? O! die laſſe ich nicht ſo bald los. Sie
iſt gar zu ſchön; ich will ſie behalten.

Catau (zieht ihre Hand mit Gewalt weg)

O! laßt mich los, ich bitte mir es aus; ich bin keine Liebhaberin von Complimenten, zumal von den Herren; die Mädgens sind immer in Gefahr, wenn sie sich mit ihnen einlassen, ich weiß es schon.

Der König.

O! mein Engel, Ihr habt bey mir nichts zu befürchten.

Catau.

Ich traue Euch nicht, Ihr seht mich so an — Ihr seht mich so an, mit solchen Augen — Ich fürchte mich vor Euren Augen — O! Ihr seht mir recht aus, als so ein Mädgensverführer! Seht nur einmal wie er mich jetzt wieder ansieht!

Der König (lachend)

Ihr scheint mir ziemlich spröde zu seyn, Catau! Aber sagt mir einmal, seyd Ihr denn mit Euren Bauernburschen hier im Dorf auch so spröde? — Ihr seyd mir gar zu hübsch; Ihr müßt doch viel Liebhaber haben?

Catau.

Daran fehlt es mir nun eben nicht, mein Herr.

Der König.

Ich glaube es gar wohl. Ohne Zweifel wird auch einer darunter seyn, dem Euer Herz den Vorzug giebt, nicht wahr? der ist recht glücklich!

Catau.

Catau.

Ja, und doch sagt er immer, er wäre noch nicht glücklich genug. Die Mannsleute sind doch niemals zufrieden.

Der König.

Ihr habt ihn aber doch lieb? Nicht wahr? Gesteht es mir nur.

Catau.

Ey, wer würde denn den Lucas nicht lieb haben? weil er aber nicht sehr reich ist, so will mein Vater noch immer in unsere Heirath nicht willigen.

Der König.

O! Euer Vater muß Euch den Lucas zum Manne geben; die Sache muß zu Ende seyn; ich will es ausdrücklich haben; ich will es haben.

Catau.

Ich will es haben — ich will es haben — Wie der Herr das so sagt! Ich will es haben — Der König sagt doch: Wir wollen es. O! Ihr müßt wissen, daß man meinen Vater zu nichts zwingen kan, was er nicht will.

Der König (lächelnd)

Wann ich sage, ich will es haben, das heißt so viel als ich wünsche es (bey Seite, indem er sich ein wenig von ihr entfernt) Bald hätte ich mich verrathen. Ich habe da als König geredt, ohne daran zu denken.

Catau.

Er wünscht es; und läßt mich da stehen, um sich heimlich über mich aufzuhalten.

Der König (der sie streichelt)

Nein, mein liebes Kind, Ihr sollt sehen, ob ich mich über Euch aufhalte. Ich hoffe es bey Eurem Vater dahin zu bringen, daß er in Eure Heirath einwilliget. — Und ich getraue mir, es Euch vorherzusagen, daß Ihr noch, ehe ich Euer Haus verlasse, glücklich seyn sollt (Er schließt sie in seine Arme) und zwar recht glücklich,

Catau (die sich von ihm los zu machen sucht)

Laßt mich; Ihr müßt mich nicht so anfassen; und überdem ich höre meinen Vater kommen.

Neunter Auftritt.

Michau, Margot, Richard, der König, Catau.

Michau.

Um Verzeihung mein Herr, daß wir Euch hier mit diesem jungen Mädgen so lange allein gelassen; sie weiß noch nicht recht mit den Leuten umzugehen; Man muß aber vor allenDingen primo seinGeschäft besorgen.

Margot.

Es ist alles fertig, mein lieber Mann! wir können essen.

Michau.

Michau.

Nun ſo wollen wir uns denn zu Tiſche ſetzen.

Catau.

Man ſolte den Tiſch beſſer vorrücken, damit man Platz hätte hinten herum zu gehen. Komm Bruder, hilf mir ein wenig (ſie will mit dem Richard den Tiſch hervorrücken, der König aber will ihr die Mühe abnehmen)

Der König.

Laßt mich heben, mein liebes Kind! Ihr ſeyd zu ſchwach.

Catau. (ſtößt ihn zurück)

Ich wäre zu ſchwach? O! mein Herr, ich werde es nicht zugeben, daß Ihr Euch in unſerm Hauſe Mühe macht.

Der König.

Nein, nein, laßt mich nur machen.

Michau.

Komm, Richard, wir beyde wollen anfaſſen! (Sie heben den Tiſch auf und tragen ihn vornen aufs Theater) Du Catau, gehe, und ſage Deiner Mutter, daß ſie anrichten kan, und bringt das Eſſen herein.

(Catau geht ab)

Zehnter Auftritt.
Der König, Michau, Richard.

(Während der Zeit, da Michau und Richard den Tiſch hervortragen, holt der König eine Bank, und ſetzt ſie nebſt den zwey Stühlen um den Tiſch)

Michau.

Michau.
(der dem König einen Stuhl aus der Hand reißt)

Ey, zum Henker, mein Herr! so laßt uns in unserm Hause unsere Schuldigkeit thun. Richard und ich, wir würden unsere Bank und Stühle wohl gehohlt, und selber um den Tisch gestellt haben.

Der König.
Gut, gut! ohne Umstände, Herr Michau, ohne alle Umstände.

Michau (der ihm auch den andern Stuhl wegnimmt)
Ey, so gebt doch her, mein Herr, das wird 'niemals geschehen, sage ich Euch.

Eilfter Auftritt.
Margot und Catau bringen die Speisen, der König, Michau, Richard.

Michau.
Nun, laßt uns jetzt zu Tische setzen. Ihr, mein Herr, setzt Ihr Euch dort auf den Stuhl; Du, Margot, nimm Du diesen da, und setze Dich.

Margot. (zu ihrem Mann, ehrerbietig)
Nicht doch, nehmt Ihr ihn; Ihr seyd es gewohnt auf einem Stuhl zu sitzen.

Der König (bietet ihm seinen Stuhl an)
Mein GOtt! macht doch meinetwegen keine Umstände, Herr Michau! nehmt Ihr Euren Stuhl; ich sitze

G   recht

recht gern auf der Bank, das ist mir einerley, in Wahrheit.

Michau (zu dem König)

Zum Henker! mein Herr, wenn Ihr doch mit Euren Complimenten wegbliebet. Meynt Ihr denn nicht, daß ich auch zu leben weiß? Oder glaubt Ihr, daß wir Schweine sind. Muß man denn nicht einem Fremden den besten Stuhl geben?

Der König.

Nun wenn Ihr es denn so wolt, so will ich gehorchen.

Michau.

Da thut Ihr wohl. Setze Dich doch Frau! ich will mich hier zwischen unsere Kinder hersetzen. (Sie setzen sich alle) Jetzt wollen wir erst einmal trinken; das macht Lust zum Essen.

Der König.

Ihr versteht es recht, mein lieber Herr Michau, und bey Euch kan man recht ungezwungen lustig seyn —— (Er weigert sich, sich von dem Michau einschenken zu lassen, und nimmt die Kanne, die vor ihm steht) Nein, schenkt Ihr Eurer Frau ein, Michau! ich will erst unserm schönen Kinde hier etwas geben, und hernach will ich mich auch versorgen.

Michau.

Recht so! Halt deinen Becher her Frau, und Du auch Richard, (sie trinken auf die Gesundheit des Königs) Mein Herr, ich habe die Ehre auf Eure Gesundheit zu trinken.

Richard.

Richard (der auch trinkt)

Mein Herr, Ihr werdet mir erlauben —

Der König.

Ich danke, ich danke, meine lieben Leute, (Er drückt der Catau die Hand) Ich danke Euch, meine schöne Catau.

Catau (die ein wenig schreyet)

Au weh! Au weh! mein Herr! wie Ihr mir die Hand drückt; das thut mir weh; Au weh!

Der König.

Ich bitte Euch um Verzeihung, mein liebes Kind! ich bin gar nicht Willens Euch weh zu thun; nichts weniger, als dieses.

Michau.

Kommt, mein Herr! ich will Euch zum erstenmale vorlegen; hernach nimmt sich ein jeder selbst ohne Umstände; das ist bequemer, denn das Fleisch ist bey uns immer schon geschnitten.

Der König.

Ich danke, Herr Michau. (Er legt der Catau vor) Ich will die Ehre haben, Euch vorzulegen, meine schöne Nachbarin. Ich weiß nicht, ob Ihr Appetit habt; aber Ihr werdet andern Leuten Appetit machen.

Catau.

Ich bin Euch vor Eure Gütigkeit sehr verbunden, mein Herr! Ihr seyd gar zu höflich.

Michau.

Michau (zur Margot')

Nimm Dir denn Frau, und ihr Kinder nehmt Euch auch, ich bin ſchon verſorgt.

(Sie ſcheinen dem Anſehen nach, mit großem Appe= tit zu eſſen, inſonderheit der König, der es ſich recht wohl ſchmecken läßt, während der Zeit iſt alles ſtille) Ha! wie es jetzt ſo ſtille iſt (Es iſt wieder einige Minu= ten alles ſtille) das geht gut; wir freſſen wie die Wölfe.

Catau.

Der Hunger iſt der beſte Koch.

Der König.

O! der Haſenpfeffer hier iſt ſo delicat, daß man Luſt dazu bekommen würde, wenn man auch keinen Hunger hätte; er iſt ſo ſchmackhaft zubereitet.

Margot.

Ich habe ihn doch nur ſo nach Bauernmanier zuge= richtet. Der Herr wird eben, wie es ſcheint, kein Koſtverächter ſeyn.

Richard.

Nein, meine liebe Mutter, der Herr iſt ſo höflich, daß er ſich das wohl ſchmecken läßt, was wir ihm aus gutem Herzen geben.

Der König (der noch immer recht heißhungerig iſt)

Nein, in Wahrheit, ohne alle Complimenten; der Haſenpfeffer hier iſt ein recht gutes Eſſen, bey meiner Ehre!

Michau

Michau (nimmt die Kanne)

Wie! wenn wir dann auch einmal tränken!

Der König.

Recht so! recht so! denn ich muß das Essen hinunter spühlen, es bleibt mir fast im Halse stecken; und überdem möchte ich gerne der Jungfer Catau einen kleinen Rausch anhängen, um zu sehen, ob sie nicht ein wenig verliebt wird, wenn sie etwas im Kopf hat.

Catau, (hält ihren Becher in die Höhe)

Es ist genug, mein Herr, es ist genug! Ihr schenkt mir zu viel ein! (Sie trinken und stoßen mit einander an)

Margot (zum Richard)

Was fehlt Dir denn mein Sohn, Du ißt ja nichts.

Richard.

Ich habe schon genug gegessen; mir fehlt nichts!

Michau (mit vollem Munde)

Richard, weil Du denn doch nicht mehr ißest, so sing uns ein Liedgen. Das, welches Du auf die Agathe gemacht hast.

Richard.

Ach! mein lieber Vater! seit der Zeit, daß sie mir untreu geworden ist —

Der König.

(fällt ihm mit vollem Munde in die Rede)

Wie, Euer Mädgen ist Euch untreu geworden, Herr Richard? Ey, erzählt mir doch das.

Michau, (immer mit vollem Munde)

Redet doch nicht davon; Ihr würdet nur machen,
daß er anfienge zu weinen; kein Wort mehr davon.
Ihr ſeyd auch gar zu neugierig, mein Herr! Fort!
ſinge Du uns, ſage ich Dir.

Margot.

Ja, ſinge uns eins, mein Söhnchen, das wird Dich
und uns luſtig machen.

Catau.

O! ja, mein liebes Brüderchen! ſinge; ich will
nachher auch ein Liedchen ſingen.

Der König (zu Catau lebhaft)

Das würde mir ein rechtes Vergnügen ſeyn, wenn
ich Euch ſingen hörte; O! das würde mich ungemein
ergötzen.

Michau.

Nun ſo ſinge denn; ich will es haben; ſtelle Dich
nicht ſo einfältig.

Richard (traurig und gezwungen)

Ich will es alſo aus Gehorſam gegen Euch mein
Vater, und aus Achtung für dieſen Herrn thun, dem
doch meine Betrübnis ſehr gleichgültig ſeyn wird;
denn ich habe in Wahrheit gar keine Luſt zum ſingen.
(Er ſingt)

Solt ich gleich die Stadt Paris
Von dem König haben;
Und ich solte ferner nicht
Meine Schöne lieben;
O so spräch ich zu dem Held:
Nehmt ihr eure Stadt zurück,
Und laßt mich in Ruhe
Meine Schöne lieben.

Heinrich wendet das Gesicht hinweg, und wiederholt mit leiser Stimme, und mit einer vergnügten Miene: Von dem König.

Der König.

Das ist ein artiges Liedgen; recht artig; und Herr Richard singt es unvergleichlich.

Michau.

Das glaube ich, daß er gut singt! und er hat es noch dazu selbst gemacht! Mein lieber Herr! unser Sohn ist so dumm nicht; er hat etwas gelernet.

Der König.

Jetzt ist die Reihe an Euch, meine liebenswürdige Catau! jetzt laßt Ihr Euer Liedgen hören.

Catau.

Ich will mich nicht lange bitten lassen, ob ich gleich keine gute Stimme habe. (Sie wendet sich) mit dem Gesicht nach dem König zu, und singt)

G 4 Ach!

Ach! schönste Gabrielle,

Wenn mich die Ehre ruft,

Und mit durchbohrtem Herzen

Ich hin ins Schlachtfeld zieh;

Wie traurig wird alsdann

Der Abschied seyn!

O! hätt' ich zwischen Lieb und Leben

Die freye Wahl!

Heinrich wendet sich während dem Singen herum, und wiederholt mit einiger Rührung die Worte: Ach schönste Gabrielle! Catau aber singt fort, und läßt sich dadurch nicht stöhren.

Der König.

Ach! Ihr singt ja wie ein Engel! (Er umarmt die Catau) Dieses Lied ist einen Kuß werth.

Catau (beschämt, wischt sich den Mund ab)

Ihr nehmt Euch viele Freyheit bey den Mädgens heraus, mein Herr!

Michau (zur Catau)

Nun das hat eben nichts zu sagen, Du bist selbst schuld daran, warum bist Du so artig! (zum König ernsthaft) Aber nicht noch einmal, mein Herr! das bitte ich mir aus. Der Henker! Ihr seyd sehr hitzig, wie es scheint.

Der König (lustig)

Nun, verzeiht es mir, alter Papa! die Jungfer Catau hat mich so entzückt, daß ich nicht mehr Meister über mich selbst war.

Michau

Michau (schenkt sich ein)

O! es hat so viel eben nicht zu sagen. Jetzt will
ich Euch auch ein Liedgen singen, hernach müßt Ihr
mich aber auch küssen, wenn ich es verdiene. Halt!
ich muß mich erst auf die Weise besinnen — Es geht
nach der Weise ——— La, la, la, la; Ha! jetzt
weiß ich ich es; jetzt habe ich die Melodie, (Er singt)

1.

Ich liebe die Mädgen,
Und trink auch gerne Wein,
Nun jetzt alle; Chor! ich liebe :c.
Das wird unsrer Jugend
Ihr ewig Liedgen seyn.
Ich liebe die Mädgen,
Und trink auch gerne Wein.
Chor! Ich liebe :c. :c.

2.

Die wilden Soldaten,
Die unser Land verheert,
Die hätten uns niemals
In unsrer Ruh gestört:
Wenn sie die Mädgen
Und auch den Wein geliebt!
Chor! Wenn sie :c. :c.

3.

Es lebe der König!
Es lebe dieser Held!

Der dreyfach große Heinrich,
Der tapfer ist im Feld;
Und auch bey Bachußfesten
Gut zecht, und Mädgen küßt.

Nun recht Chor! zu dem Vers.

Es lebe der König!
Es lebe dieser Held.

(Der König ist bey dieser letzten Strophe ausseror-
dentlich und fast bis zum Weinen gerührt, und in
dieser Action muß er bis zu Ende dieses Auftritts
bleiben, bis die Tafel weggenommen wird, und wenn
der Acteur es kan, so muß er wirklich dann und
wann einige Thränen fallen lassen)!

Jetzt wollen wir einmal auf die Gesundheit dieses guten Königs eins trinken, mein Herr! Kommt her,
Ihr müßt es ihm wenigstens wieder sagen; Hört Ihr!
Ihr müßt es ihm sagen, da Ihr doch die Ehre habt,
um ihn zu seyn. Versprecht es mir, daß Ihr es ihm
sagen wolt.

Der König (weichmüthig)

Ich verspreche es Euch, er soll er gewis erfahren.
(Ein jeder schenkt sich ein, und stößt mit dem König an)

Margot (stehe auf, um anzustoßen)

Nun so sagt ihm dann, daß ich ihn lieb habe!

Michau (stehend, stößt auch an)

Und daß ich ihm allen Segen wünsche!

Catau

Catau (auch stehend, indem sie anstößt)

Und daß ich ihn mehr als mich selbst liebe!

Richard,
(der über den Tisch hin reicht, um auch anzustoßen)

Und daß wir ihn anbethen!

Der König.
(der sich der Thränen nicht mehr enthalten kan)

O! ich kan mich — kaum mehr enthalten — die Thränen kommen mir in die Augen — Thränen der Zärtlichkeit und der Freude! (Er wendet sich mit dem Gesicht weg)

Michau.

Warum wendet Ihr Euch denn weg! Stimmet Ihr nicht in allem mit bey, was wir von unserm geliebten König sagen?

Der König (ein wenig schluchzend)

O! ja, meine Freunde — Eure Liebe gegen den König hat vielmehr — mein Herz so gerührt — Kommt her, kommt! Auf die Gesundheit dieses Fürsten. (Sie stoßen alle noch einmal an)

Margot.
Dieses gütigen Königs!

Catau.
Dieses geliebten Königs!

Michau.

Dieſes tapfern Königs!

Richard.

Dieſes groſſen Königs!

Michau.

Auf die Geſundheit ſeiner Kinder, ſeiner Nachkommen — Nun ſagt Ihr doch auch ein Wort zum Ruhm unſers Königs — Habt Ihr denn nicht das Herz ihn zu loben? Meynt Ihr etwa, Ihr werdet daran erſticken? Ich glaube bey meiner Seele! daß Ihr ihn nicht ſo lieb habt, als wir. Seyd Ihr nicht vielleicht einer von den alten Mißvergnügten. O! Ihr ſeyd kein rechtſchaffener Franzoſe, zum Henker!

Der König (äuſſerſt gerührt)

Verzeihet mir — von ganzem Herzen — Auf die Geſundheit — dieſes guten Königes!

Michau, (ehe er ſeinen Wein austrinkt)

Dieſes guten Königes — Zum Henker! koſtet es nicht Mühe, Euch dieſes Wort abzuzwingen!

Margot (nachdem ſie getrunken)

Und es wird einem doch gar nicht ſauer, ihn zu loben.

Catau.

Nein, warlich nicht!

Richard.

Und man lobt ihn von ganzem Herzen!

Michau.

Ah! Das fühlt man recht, wenn man auf die Gesundheit Heinrichs getrunken hat! Jetzt mag ich nicht
mehr essen; laßt uns aufstehen; und überdem, wenn
man einmal auf die Gesundheit des Königs getrunken hat, so schickt es sich nicht mehr, auf jemands
Gesundheit zu trinken.

Richard.

Wir wollen den Tisch zurück setzen, damit man desto bequemer abraumen kan.

Michau.

Es ist auch wahr, Richard, (zum König, der auch helfen will, den Tisch wegtragen) Fangt Ihr Eure alte Ce-
remonien schon wieder an? Ich will es nun durch-
aus nicht haben!

Der König (der noch immer beschäftiget ist, zu helfen)

Ich will Euch Eure Sachen machen lassen; ich will
nur der schönen Catau ein wenig helfen.

Michau.

Ich will es aber nicht haben, sage ich Euch! —
Margot, Catau, macht daß alles bey Seite kommt,
und hernach geht hin, und legt weisse Bettücher auf
des Herrn sein Bett.

Margot.

Ja, ja, mein lieber Mann, das soll gleich geschehen.

Catau.

Catau.

Ja, mein Vater! wenn ich hier alles an ſeinen Ort werde geſtellet haben, ſo wollen wir, meine Mutter und ich hingehen, und dem Herrn ſein Bett machen.

Der König (der einige Teller in der Hand hat)

Seht da, meine liebe Catau! wo ſoll ich die Teller hier hinſetzen?

Catau.

Ey, ſo laßt mich doch machen, mein Herr! Müßt Ihr denn die Hände allenthalben haben?

Michau.

Zum Henker! mein Herr, wolt Ihr ſie denn nicht ihre Sachen ſelbſt beſorgen laſſen? Ihr ſeyd doch in allem ſehr eigenſinnig!

Der König (der noch immer abnehmen hilft)

Nein, nein, jetzt will ich nichts mehr angreifen, jetzt iſt ja alles in Ordnung. (Man klopft an die Hausthür)

Michau.

Man klopft an unſerer Thüre; ſiehe zu, wer da iſt, Richard.

(Margot und Catau gehen ab.)

Richard.

Ich will gleich gehen — Gerechter Himmel! das iſt Agathe!

Zwölf=

Zwölfter Auftritt.

Der König, Michau, Richard, Agathe, Lucas.

Lucas (zur Agathe, die als eine Bäurin gekleidet ist)

Nun, Mamsell! da ist Richard; rede Sie jetzt selbst mit ihm; aber er wird Ihr nicht glauben. Bilde Sie es sich nur nicht ein.

Agathe (wirft sich dem Michau und Richard, einem nach dem andern zu Füssen)

Ach, mein Herr Michau! — Ach, Richard — Ich komme, mich zu Euren Füssen zu werfen, und Euch zu bitten, mich anzuhören —

Richard (hebt sie auf)

Steh auf, Agathe — Ich werde nicht zugeben —

Michau (zur Agathe)

O wie kommt Ihr denn daher, mein Jungferchen? Ihr müßt sehr unverschämt seyn, daß Ihr Euch untersteht, noch über unsere Schwelle zu kommen, da Ihr doch wißt, was Ihr uns vor einen Streich gespielt habt!

Richard.

Ach, mein lieber Vater! verschonet —

Agathe (weinend)

Ich gestehe es, mein Herr! meine Dreistigkeit würde diesen Nahmen verdienen, wenn ich schuldig wäre. Aber der Marquis von Conchiny hat mich ja wider mei-

meinen Willen und mit Gewalt fortgeführet — Meine Thränen verhindern mich) —

Der König (bey Seite.)

Conchiny? Conchiny? (laut zu Michau) Wer iſt dieſes Mädgen? Sie gefällt mir ungemein wohl, ſie iſt artig.

Michau.

Ja, ja, es iſt ein artig Mädgen, die ſich an den garſtigen Marquis von Conchiny verkuppelt hat, anſtatt daß ſie meinen Sohn hätte auf eine ehrliche Art heirathen können! das iſt mir ein artig Mädgen das!

(Man klopft an die Thür; Margot und Catau machen auf, und kommen herein.)

Dreyzehnter Auftritt.

Der König, Michau, Agathe, Richard, Lucas, Margot, Catau, der Forſtaufſeher.

Margot und Catau (beyde auf einmal)

⌈Mein lieber Mann!⌉ der Herr Forſtaufſeher
⌊Mein Vater!⌋ iſt da.

Michau.

Ha ha! das iſt ſehr ſpät, daß —

Der Forſtaufſeher.

Ich komme deswegen her, mein lieber Michau, weil drey Herren heut Abend bey mir eingekehrt ſind, und mit mir zu Nacht gegeſſen haben, die mit dem König

auf

auf der Jagd gewesen, und meine Frau hat uns gesagt, daß ihr auch einen Herrn von ihrer Bekanntschaft mit aus dem Wald in Euer Haus genommen. Aber da sind sie selbst — — Gute Nacht, Herr Michau.

Michau.

Gute Nacht, Herr Forstaufseher.

(Der Forstaufseher geht ab.)

Vierzehnter Auftritt.

Der König, Michau, Agathe, Richard, Lu-cas, Margot, Catau, der Herzog von Sülly, der Herzog von Bellegarde, der Marquis von Conchini.

Michau.

Sehet meine gnädige Herren, ob dieser Mensch hier auch ein vornehmer Herr ist; ich glaube es nicht. Er hat mir gesagt, er wäre ein königlicher Bedienter. (Er zieht den König beym Arm, der das Gesicht nach einer andern Seite zu gekehrt hat.) Seht! kennt Ihr den ehrlichen Mann hier?

Der Herzog von Sülly, der Herzog von Bellegarde, der Marquis von Conchini.

(alle auf einmal.)

Wie! Sie sind es, Sire! — Sire! Sie sind es selbst!

H.   Mi-

Michau, Margot, Lucas, Catau, Richard und
Agathe (fallen alle mit einem lauten Schrey
auf einmal dem König zu Füſſen.)

Wie! es iſt der König? das iſt unſer gnädigſter
König? unſer groſſer König?

Der König (gerührt.)

Steht auf ihr guten Leute; ſteht auf meine Freunde; ich will es haben, meine Kinder; ſteht auf, ich
befehle es Euch.

Agathe
(bleibt noch allein auf den Knien vor dem König liegen.)

Nein, Sire, weil Sie es ſind, ſo will ich zu Ihren Füſſen liegen bleiben, und Sie um Gerechtigkeit
gegen einen grauſamen Räuber, den Marquis von
Conchiny, anflehen, der mich aus den Armen meines geliebten Richard entführt, eben da ich im Begrif
war, ihn zu heirathen. Die Thränen erſticken meine
Stimme, daß ich — —

Der Marquis von Conchiny (bey Seite)
Himmel! das iſt Agathe!

Der König
(Hebt die Agathe auf; mit einem zornigen Ton)

Conchiny — was antwortet ihr hierauf? — Nun?
wie iſt es? Antwortet denn! Ihr ſcheint mir beſtürzt
zu ſeyn.

Der Marquis von Conchiny (der ſich ein wenig erholt)

O! es iſt eine Kleinigkeit, Sire — denn im Grun-
de betrachtet, warum ſollte ich beſtürzt ſeyn? — Und
war

warum sollte ich Euer Majestät kein Geständnis von einer Sache ablegen — die eigentlich nichts als ein verliebter Zeitvertreib ist.

Der Herzog von Sülly (lebhaft)
Gerechter GOtt! Was für ein Zeitvertreib!

Der Herzog von Bellegarde.
(leichtsinnig, zu dem Herzog von Sülly)
Man muß die Sache eben nicht so hoch aufnehmen.

Der König.
Laßt ihn doch ausreden. Nun?

Der Marquis von Conchiny.
Sire! es ist weiter nichts als daß ich Lust (mit einem gezwungenen Lächeln) und zwar recht grosse Lust zu dieser jungen Bäurin gehabt habe — und die Wahrheit zu gestehen, ich war ein wenig mit Schuld daran, daß sie wider ihren Willen Paris gesehen hat.

Der König.
Wider ihren Willen? Ihr habt also Gewalt gebraucht?

Der Marquis von Conchiny.
Ey, nun, Sire! wie Sie es nehmen; — Mein Kammerdiener hat sie mir eigentlich mit vieler Mühe nach Paris gebracht, und ich will —

Der König (zornig.)
Diese Gewaltthätigkeit werde ich nicht ungeahndet lassen.

Der Marquis von Conchiny.

Ach! Sire, werfen Sie deshalb keinen Zorn auf mich! Ich bekenne mein Verbrechen; aber mein Verbrechen iſt ohne Nutzen für mich geweſen, und gereicht mir nur zur Schande. Agathe iſt tugendhaft; Agathe hat mir keinen Sieg über ſie erlaubt; und um über mich zu triumphiren, hat ſie ſo gar Hand an ſich ſelbſt legen wollen. Ich rufe den Himmel zum Zeugen für die Wahrheit deſſen an, was ich ſage; er mag mich auf der Stelle ſtrafen, wenn ich Sie mit Unwahrheit hintergehe — Und, ich ſchwöre es Ew. Majeſtät, daß nicht ſowohl die Furcht vor der Ungnade, als vielmehr die Reue und die ſchrecklichen Gewiſſensbiße, welche —

Der König.

(der ihn mit einer edlen und gebietheriſchen Miene unterbricht)

Aber ich bin damit noch nicht zufrieden, daß durch Eure Gewiſſensbiſſe und durch Eure Reue, die Agathe bey dieſen Leuten hier gerechtfertigt wird; das Verbrechen iſt von Eurer Seite einmal begangen, und ich bin ihnen dafür eine Genugthuung ſchuldig. Ich will alſo, daß Ihr dieſem Mädgen eine Leibrente von zwey hundert Thalern an Gold ausſetzt, und daß —

Agathe (die dem König in die Rede fällt)

Nein, Sire! ich würde mich für entehrt halten, wenn ich von dieſem Manne Wohlthaten annehmen ſollte, die mir ſchimpflich ſeyn, und einen für meine Unſchuld nachtheiligen Verdacht zurück laſſen könnten.

Ri-

Richard (fällt ihr in die Rede)

Ach allerliebste Agathe! dieses Geständnis des Marquis von Conchiny — und noch mehr, diese Weigerung von Däner Seite, die schimpflichen Anerbiethungen die man Dir gethan, anzunehmen, überzeugen mich vollkommen von Deiner Unschuld — Nein, Du warst niemals schuldig; ich bin es vielmehr, weil ich vermögend gewesen, Dich nur einen Augenblick dafür zu halten, und —

Michau.

Du hast Recht, mein Sohn, und Du kanst jetzt dieses würdige Mädgen heirathen.

Der König.

So will ich denn anstatt des Conchiny die Schuld über mich nehmen. (zum Marquis) Entfernt Euch Marquis, und laßt Euch nicht wieder vor mir sehen, bis ich Euch rufen lasse. (Conchiny geht ab.) (Der König bey Seite zu dem Herzog von Sülly) Ich muthmasse fast, mein lieber Rosny, daß dieser niederträchtige Italiäner der Erfinder von alen den Anklagungen ist, die man wider Euch auf die Bahn gebracht; doch wir wollen zu einer andern Zeit davor reden — (Laut) Nun meine Kinder, ich habe viele Zusagen zu erfüllen. Vors erste, mein lieber Michau, gebe ich Eurem Sohn und der Agathe zehn tausend Gulden; aber Ihr wißt noch nicht, daß ich der

Lucas (ſpringt vor Freuden in die Höhe)
Zehn tauſend Gulden, und Catau.

Michaut.
Was vor ein gnädiger König!
Richard.
Ach! Sire!
Catau und Agathe.
Was vor ein gütiger Fürſt.

Alle auf einmal.

Der König.

Herzog von Sülly, daß ihnen morgen an Tage dieſe
20000 fl. ausgezahlet werden.   Ich befehle es Euch.

Der Herzog von Sülly (der ſich bückt)

Ihrem Befehl ſoll gehorſamet werden. (ndem er den
Kopf wieder in die Höhe hebt und mit wehmüthier Stimme)
Ach! mein Herr und Gebieter! wie freue ich mich über
dieſe Beweiſe Ihrer Gerechtigkeit und Grosmuth! Sie
haben ſich jetzt als ein König und als ein Vater gegen
dieſen ehrlichen Bauren gezeigt, die eben ſo gut Ihre
Unterthanen und Kinder ſind als der Adel. Aber Sire,
Sie ſind es ſowohl einem als dem anderen ſchuldig, Ihr
Leben nicht ferner auf der Jagd in Gefahr zuſetzen, wie
Sie es täglich zu thun pflegen. (zornig) Ew. Majſtät er=
lauben mir, daß ich es ſagen darf. Jo bin im Ernſt erecht
böſe darüber. Groſſer GOtt, Sire. Ihr Leben gehört
nicht Ihnen, Sie ſind ſowohl (er zeigt auf den Herzog
von Bellegarde) uns, Ihren Dienern die Sie mit der
tief=

tiefſten Ehrfurcht verehren, Rechenſchaft davon ſchul=
dig (er zeigt auf die Bauren) als auch der franzöſiſchen
Nation, von welcher Sie, wie Sie ſehen, angebetet
werden.

Der König (ſehr gütig.)

Ja! ja! Du haſt recht, mein Freund, Du rühreſt
mich, zanke nur nicht mehr, mein lieber Roſny, ich
will ins künftige klüger ſeyn.

Michau (ſehr heftig)

Sapperment! Sire, der Junker hat nicht unrecht.
Um Gotteswillen, ſuchen Sie doch Ihr Leben zu erhal=
ten, Sie ſind uns ja ſo werth. (alle Bauren auf einmal, in=
dem ſie ſich bücken) Ach! gnädigſter König, ach! gelieb=
teſter Vater, ſchonen Sie ſich, ſchonen Sie Ihr Leben.

Der König.

(der ſie alle mit einem gnädigen Blick überſieht)

Welch ein reizender Auftritt!

Michau (noch lebhafter)

Ey! ja beym Bliz, Herr König, ſchonen Sie Ihr
Leben, Sie haben unſere jungen Leute verheirathet,
jetzt müſſen Sie auch zu ihrem Glücke noch lange le=
ben! Aber was vor ein fürtreflicher Mann! Euer
Majeſtät verzeihen mir, daß ich Sie ſo ſchlecht em=
pfangen habe. Ich wußte nicht, wie glücklich ich
war, und wenn ich Ihnen nicht mit der ſchuldigen
Ehrfurcht — und Achtung. —

Der König (fällt ihm in die Rede)

Ihr habt mich recht wohl empfangen, und ich wer=
de gewiß Euer Freund bleiben, mein lieber Michäu
— Aber wir wollen davon aufhören, ich bin ſchläf=
rig und —

Michau (fällt ihm in die Rede.)

Kommen Sie, Sire, kommen Sie, Sie ſollen in
meinem Bette ſchlafen, dieſe Herren können ſich in
meines Sohns und der Egtau ihr Bett theilen, und
wir andern alle wolle dieſe Nacht in der Mühle ſchla=
fen. Eine Nacht geht bald vorüber, zumalen wenn
es für Eure Majeſtät geſchiehet.

Lucas (nimmt die Agathe unter den Arm)

Und ich will die Agathe nach Hauſe führen, und
morgen auf die Hochzeit Ihr Kinder!

Ende des dritten und letzten Aufzugs.